LES

VOYAGEURS

AMUSANTS

**Racine -- Lafontaine -- Chapelle et Bachaumont
J. J. Rousseau -- Chateaubriand -- Lefranc
de Pompignan -- Lamartine -- etc.**

AVIGNON

AMÉDÉE CHAILLOT ÉDITEUR

Place du Change 5

LES VOYAGEURS

AMUSANTS

LES

VOYAGEURS

AMUSANTS

**Racine -- Lafontaine -- Chapelle et Bachaumont
J. J. Rousseau -- Chateaubriand -- Lefranc
de Pompignan -- Lamartine -- etc.**

AVIGNON

AMÉDÉE CHAILLOT ÉDITEUR

Place du Change 5

1860

LES

VOYAGEURS

AMUSANTS

Sous ce titre sont réunis des récits de voyages, des descriptions et des tableaux, dûs la plupart à la plume des écrivains français les plus distingués. Nommer *Racine*, *La Fontaine*, *Rousseau*, *Chateaubriand*, etc., c'est dire qu'à l'intérêt du sujet se joint le charme du style ; c'est promettre la lecture la plus attachante. Le voyage de *Chapelle et de Bachaumont* est de tout point un petit chef-d'œuvre. Plusieurs pages sont tirées des ouvrages des auteurs vivants dont la réputa-

1

tion s'étend dans le monde entier, tels que *Lamartine*, *Alfred de Vigny*, *George Sand*, *Mérimée*, etc. Les droits de la propriété littéraire ne nous permettent de leur emprunter que quelques fragments, vrais modèles de composition. En somme, l'éditeur espère que ce volume, comme tous ceux qu'il se propose de publier successivement, servira autant à former le goût des lecteurs qu'à leur procurer un agréable délassement. La gaieté, et les autres sentiments que ces pages provoqueront, seront toujours purs de tout mauvais alliage.

VOYAGE

DE RACINE

—

LETTRE DE RACINE A LA FONTAINE

———

J'ai bien vu du pays, et j'ai bien voyagé,
Depuis que de vos yeux les miens prirent congé.

Mais tout cela ne m'a pas empêché de songer toujours autant à vous que je faisais lorsque nous nous voyions tous les jours ,

Avant qu'une fièvre importune
Nous fît courir même fortune ,
Et nous mît chacun en danger
De ne plus jamais voyager.

Je ne sais pas sous quelle constellation je vous
écris à présent ; mais je vous assure que je n'ai
point encore fait tant de vers depuis ma maladie :
je crois même en avoir tout-à-fait oublié le métier. Serait-il possible que les Muses eussent plus
d'empire en ce pays que sur les rives de la Seine ?
Nous le reconnaîtrons dans la suite. Cependant
je commencerai à vous dire en prose que mon
voyage a été plus heureux que je ne pensais.
Nous n'avons eu que deux heures de pluie depuis
Paris jusqu'à Lyon. Notre compagnie était gaie
et assez plaisante. Il y avait trois Huguenots, un
Anglais, deux Italiens, un Conseiller du Châte-
let, deux Secrétaires du Roi et deux de ses Mousquetaires. Enfin nous étions au nombre de neuf
ou dix. Je ne manquais pas, tous les soirs, de
prendre le galop devant les autres, pour aller
retenir un lit ; car j'avais fort bien retenu cela
de M. Botteau, et je lui en suis infiniment obligé.
Ainsi j'ai toujours été bien couché ; et quand je
suis arrivé à Lyon, je ne me suis senti non plus
fatigué que si, du quartier Sainte-Geneviève,
j'avais été à celui de la rue Galante.

À Lyon, je ne suis resté que deux jours avec
deux Mousquetaires de notre troupe, qui étaient
du Pont-Saint-Esprit. Nous nous embarquâmes
il y a aujourd'hui huit jours, dans un vaisseau
tout neuf et bien couvert, que nous avions
retenu exprès, avec le meilleur Patron du pays.

Car il n'y a pas trop de sûreté de se mettre sur le Rhône qu'à bonnes enseignes. Néanmoins, comme il n'avait point plu du tout devers Lyon, le Rhône était fort bas, et avait perdu de sa rapidité ordinaire.

> On pouvait, sans difficulté,
> Voir ses Naïades toutes nues,
> Et qui, honteuses d'être vues,
> Pour mieux cacher leur nudité,
> Cherchaient des places inconnues.
> Ces Nymphes sont de gros rochers,
> Auteurs de mainte sépulture,
> Et dont l'effroyable figure
> Fait changer de visage aux plus hardis ncchers.

Nous fûmes deux jours sur le Rhône, et nous couchâmes à Vienne et à Valence. J'avais commencé dès Lyon à ne plus guère entendre le langage du pays, et à n'être plus intelligible moi-même. Ce malheur s'accrut à Valence, et Dieu voulut qu'ayant demandé à une servante un pot de chambre, elle mit un réchaud sous mon lit. Vous pouvez vous imaginer les suites de cette mauvaise aventure, et ce qui peut arriver à un homme endormi, qui se sert d'un réchaud dans ses nécessités de nuit. Mais c'est encore bien pis en ce pays. Je vous jure que j'ai autant besoin d'interprète, qu'un Moscovite en aurait besoin dans Paris. Néanmoins je commence à m'apercevoir que c'est un langage mêlé d'Espagnol et d'Italien ; et comme j'entends assez bien ces deux langues, j'y ai quelquefois recours pour entendre les autres et pour me faire entendre. Mais il arrive souvent que j'y perds toutes mes mesures. Comme il arriva hier, qu'ayant besoin de petits clous à broquette pour ajuster ma chambre, j'envoyai le valet de mon oncle en ville, et lui dis de m'acheter deux ou trois cents de broquettes. Il m'apporta incontinent trois bottes d'allumettes. Jugez s'il y a sujet d'enrager en de semblables mal-entendus. Cela irait à l'infini, si je voulais vous dire tous les inconvénients qui arrivent aux nouveaux venus en ce pays comme moi. Au reste, pour la situation d'Uzès, vous saurez qu'elle est sur une montagne fort haute, et cette montagne n'est qu'un rocher continuel ; si bien qu'en quelque temps qu'il fasse, on peut aller à pied sec tout autour de la ville. Les campagnes qui l'environnent sont toutes couvertes d'oliviers, qui portent les plus belles olives du monde, mais bien trompeuses pourtant ; car j'y ai été attrapé moi-même. Je voulus en cueillir quelques-unes au premier olivier que je rencontrai, et je les mis dans ma bouche avec le plus grand appétit qu'on puisse avoir : mais Dieu me préserve de sentir jamais une amertume pareille à celle que je sentis. J'en eus la bouche toute perdue plus de quatre heures durant ; et l'on m'a appris de-

puis qu'il fallait bien des lessives et des cérémo-
nies pour rendre les olives douces comme on les
mange. L'huile qu'on en tire sert ici de beurre ,
et j'appréhendais bien ce changement ; mais j'en
ai goûté aujourd'hui dans les sauces , et sans
mentir , il n'y a rien de meilleur. On sent bien
moins l'olive qu'on ne sentirait le meilleur beurre
de France. Mais c'est assez vous parler d'huile ,
et vous pourrez me reprocher , plus justement
qu'on ne faisait à un ancien orateur, que mes
ouvrages sentent trop l'huile. Il faut vous entretenir d'autres choses , ou plutôt remettre cela à
un autre voyage , pour ne pas vous ennuyer. Je
ne saurais m'empêcher pourtant de vous dire un
mot des beautés de cette province. On m'en avait
dit beaucoup de bien à Paris ; mais, sans mentir,
on ne m'en avait encore rien dit au prix de ce
qui en est , et pour le nombre et pour leur excellence. Il n'y a pas une villageoise, pas une save-
tière, qui ne disputât avec les Fouillous et les
Mennevilles. Si le pays avait un peu plus de déli-
catesse, et que les rochers y fussent un peu moins
fréquents, on le prendrait pour un vrai pays de
Cythère. Toutes les femmes y sont éclatantes ,
et s'y ajustent d'une façon qui leur est la plus naturelle du monde. Et pour ce qui est de leur personne ,.

Color verus , corpus solidum et succi plenum.

Mais comme c'est la première chose dont on m'a dit de me donner de garde, je ne veux pas en parler davantage : aussi-bien ce serait profaner une maison de bénéficier, comme celle où je suis, que d'y faire de longs discours sur cette matière. *Domus mea, domus orationis.* C'est pourquoi vous devez vous attendre que je ne vous en parlerai plus du tout. On m'a dit : soyez aveugle. Si je ne puis l'être tout-à-fait, il faut du moins que je sois muet. Car, voyez-vous, il faut être régulier avec les réguliers, comme j'ai été loup avec vous, et avec les autres loups vos compères.

Adiousias.

RACINE.

A Uzès, ce 11 Novembre 1661.

VOYAGE

DE LA FONTAINE

PREMIÈRE LETTRE A MADAME DE LA FONTAINE

Vous n'avez jamais voulu, MADAME, lire d'autres voyages que ceux des Chevaliers de la Table ronde ; mais le nôtre mérite bien que vous le lisiez. Il s'y rencontrera pourtant des matières peu convenables à votre goût ; c'est à moi de les assaisonner, si je puis, en telle sorte qu'elles vous plaisent ; et c'est à vous de louer en cela mon intention, quand elle ne serait pas suivie du succès : il pourra même arriver si vous goûtez ce rien, que vous en goûterez après de plus sé-

1.

rieux. Vous ne jouez , ni ne travaillez , ni ne
vous souciez du ménage ; et hors le temps que
vos bonnes amies vous donnent par charité , il
n'y a que les romans qui vous divertissent. C'est
un fonds bientôt épuisé : vous avez lu tant de
fois les vieux , que vous les savez : il s'en fait
peu de nouveaux ; et parmi ce peu, tous ne sont
pas bons : ainsi vous demeurez souvent à sec.
Considérez , je vous prie , l'utilité que ce vous
serait, si, en badinant, je vous avais accoutumé
à l'histoire, soit des lieux , soit des personnes :
vous auriez de quoi vous désennuyer toute votre
vie , pourvu que ce soit sans intention de rien
retenir , moins encore de rien citer. Ce n'est pas
une bonne qualité pour une femme d'être savan-
te , et c'en est une très-mauvaise d'affecter de
paraître telle.

Nous partîmes donc de Paris , le 23 du cou-
rant, après que M. Jannart eut reçu les condo-
léances d'une quantité de personnes de condition
et de ses amis. M. le Lieutenant Criminel en usa
généreusement, libéralement , royalement ; il
ouvrit sa bourse, et nous dit que nous n'avions
qu'à puiser. Le reste du voisinage fit des merveilles. Quand il eût été question de transférer
le quai des Orfèvres , la cour du Palais, et le
Palais même à Limoges , la chose ne se serait
pas autrement passée. Enfin , ce n'étaient que
processions de gens abattus et tombés des nues :

avec tout cela, je ne pleurai point ; ce qui me
fait croire que j'acquerrai une grande réputation
de confiance dans cette affaire. La fantaisie de
voyager m'était entrée quelque temps auparavant
dans l'esprit, comme si j'eusse eu des pressen-
timents de l'ordre du Roi. Il y avait plus de
quinze jours que je ne parlais d'autre chose que
d'aller, tantôt à Saint-Cloud, tantôt à Charonne,
et j'étais honteux d'avoir tant vécu sans rien voir :
cela ne me sera plus reproché, grâces à Dieu !
On nous a dit, entr'autres merveilles, que beaucoup de Limousines de la première bourgeoisie
portent des chaperons de drap rose sèche sur
des cales de velours noir. Si je trouve quelqu'un
de ces chaperons qui couvre une jolie tête, je
pourrai m'y amuser en passant, et par curiosité
seulement. Quoiqu'il en soit, j'ai tout-à-fait bonne opinion de notre voyage : nous avons déjà
fait trois lieues sans aucun mauvais accident,
sinon que l'épée de M. Jannart s'est rompue ;
mais comme nous sommes gens à profiter de nos
malheurs, nous avons trouvé qu'aussi-bien elle
était trop longue et l'embarrassait. Présentement
nous sommes à Clamart, au-dessous de cette fameuse montagne où est situé Meudon ; là nous
devons nous rafraîchir deux ou trois jours. En
vérité, c'est un plaisir que de voyager ; on rencontre toujours quelque chose de remarquable.
Vous ne sauriez croire combien est excellent le

beurre que nous mangeons; je me suis souhaité
vingt fois de pareilles vaches, un pareil herbage,
des eaux pareilles et ce qui s'en suit, hormis la
batteuse qui est un peu vieille. Le jardin de M.
C... mérite aussi d'avoir place dans cette histoire. Il a beaucoup d'endroits fort champêtres,
ce que j'aime sur toutes choses. Ou vous l'avez
vu, ou vous ne l'avez pas vu ; si vous l'avez vu,
souvenez-vous de ces deux terrasses que le parterre a en face et à la main gauche, et des rangs
de chênes et de châtaigniers qui les bordent : je
me trompe, si cela n'est beau. Souvenez-vous
aussi de ce bois qui paraît en l'enfoncement,
avec la noirceur d'une forêt âgée de dix siècles ;
les arbres n'en sont pas si vieux, à la vérité ;
mais toujours peuvent-ils passer pour les plus
anciens du village, et je ne crois pas qu'il y en
ait de plus vénérables sur la terre. Les deux
allées, qui sont à droite et à gauche, me plaisent encore : elles ont cela de particulier, que
ce qui les borne, est ce qui les fait paraître plus
belles. Celle de la droite a tout-à-fait la mine
d'un jeu de paulme ; elle est à présent bordée
d'un amphithéâtre de gazon ; et a le front relevé
de huit ou dix marches. Il y a de l'apparence que
c'est l'endroit où les Divinités du lieu reçoivent
l'hommage qui leur est dû.

Si le Dieu Pan , ou le Faune ,
Prince des bois, ce dit-on ,
Se fait jamais faire un trône ,
C'en sera là le patron.

Deux châtaigniers , dont l'ombrage
Est majestueux et frais ,
Le couvrent de leur feuillage ,
Ainsi que d'un riche dais.

Je ne vois rien qui l'égale ,
Ni qui me charme à mon gré ,
Comme un gazon qui s'étale
Le long de chaque degré.

J'aime cent fois mieux cette herbe ,
Que les précieux tapis
Sur qui l'Orient superbe
Voit les empereurs assis.

Beautés simples et divines !
Vous contentiez nos ayeux ,
Avant qu'on tirât des mines
Ce qui nous frappe les yeux.

De quoi sert tant de dépense ?
Les grands ont beau s'en vanter :
Vive la magnificence
Qui ne coûte qu'à planter.

Nonobstant ces moralités, j'ai conseillé à M. C. de faire bâtir une maison proportionnée, en quelque manière, à la beauté de son jardin, et de se faire ruiner pour cela. Nous partirons de chez elle demain 26, et nous irons prendre au Bourg-la-Reine la commodité du carrosse de Poitiers, qui y passe tous les Dimanches. Là, se doit trouver un valet de pied du Roi, qui a ordre de nous accompagner jusqu'à Limoges. Je vous écrirai ce qui nous arrivera en chemin, et ce qui me semblera digne d'être observé. Cependant, faites bien des recommandations à notre Marmot, et dites-lui que j'amènerai peut-être de ce pays-là quelque beau petit chaperon, pour le faire jouer et pour lui tenir compagnie.

SECONDE LETTRE A LA MÊME

Les occupations que nous eûmes à Clamart, votre oncle et moi, furent différentes. Il ne fit aucune chose digne de mémoire : il s'amusa à des expéditions, à des procès, à d'autres affaires. Il n'en fut pas ainsi de moi ; je me promenai, je dormis, et je passai le temps avec les dames qui vinrent nous voir. Le Dimanche étant arrivé, nous partîmes de grand matin, M. C. et notre tante nous accompagnèrent jusqu'au Bourg-la-Reine. Nous y attendîmes près de trois heu-

res ; et pour nous désennuyer , ou pour nous
ennuyer encore davantage (je ne sais pas bien
lequel je dois dire), nous ouîmes une messe pa-
roissiale. La procession, l'eau bénite et le prône,
rien n'y manquait : de bonne fortune pour nous
le curé ne prêcha point. Dieu voulut enfin que
le carrosse passât ; le valet de pied y était, point
de moines , mais , en récompense , trois femmes , un marchand qui ne disait mot , et un notaire qui chantait toujours et qui chantait très-
mal ; il reportait en son pays quatre volumes de
chansons. Parmi les trois femmes , il y avait
une poitevine qui se qualifiait comtesse ; elle paraissait assez jeune et de taille raisonnable, témoi-
gnait avoir de l'esprit, déguisait son nom, et venait
de plaider en séparation contre son mari. Telle
était donc la compagnie que nous avons eue jusqu'au Port de Pilles. Il fallut à la fin que l'oncle et la
tante se séparassent; les derniers adieux furent
tendres, et l'eussent été beaucoup davantage, si le
cocher nous eût donné le loisir de les achever. Comme il voulait regagner le temps qu'il avait perdu, il
nous mena d'abord avec diligence. On laisse ,
en sortant du Bourg-la-Reine, Sceaux à la droite,
et à quatre lieues de là, Chailly à la gauche, puis
Montléry du même côté. Est-ce Montléry qu'il
faut dire, ou Montlehéry ? c'est Montlehéry ,
quand le vers est trop court, et Montléry donc
ou Montlehéry, comme vous voudrez, était jadis

une forteresse que les Anglais, lorsqu'ils étaient maîtres de la France, avaient fait bâtir sur une colline assez élevée. Au pied de cette colline est uu bourg qui en a gardé le nom. Pour la forte-resse, elle est démolie, non point par les ans : ce qui en reste, qui est une tour fort haute, ne se dément point, bien qu'on en ait ruiné un côté ; il y a encore un escalier qui subsiste, et deux chambres où l'on voit des peintures anglai-ses, ce qui fait foi de l'antiquité et de l'origine du lieu. Voilà ce que j'en ai appris de votre on-cle, qui dit avoir entré dans les chambres. Pour moi, je n'en ai rien vu ; le cocher ne voulait arrêter qu'à Châtres, petite ville qui appartient à M. de Condé, l'un de nos Grands Maîtres. Nous y dînâmes : après le dîner, nous vîmes encore à droite et à gauche force châteaux : je n'en dirai mot, ce serait un œuvre infini. Seulement nous passâmes à côté de Plessis-Paté, et traversâmes ensuite la vallée de Caucatrix, après avoir monté celle de Tréfou ; car, sans avoir étudié en philo-sophie, vous pouvez vous imaginer qu'il n'y a pas de montagne sans vallée. Je ne songe pas à cette vallée de Tréfou que je ne frémisse.

C'est un passage dangereux,
Un lieu, pour les voleurs, d'embûche et de retraite,
A gauche un bois, une montagne à droite,
Entre les deux,

Un chemin creux.
La montagne est toute pleine
De rochers faits comme ceux
De notre petit domaine.

Tout ce que nous étions d'hommes dans le carosse, nous descendîmes, pour soulager les chevaux. Tant que le chemin dura, je ne parlai
d'autre chose que des commodités de la guerre :
en effet, si elle produit des voleurs, elle les occupe, ce qui est un grand bien pour tout le monde,
et particulièrement pour moi, qui crains naturellement de les rencontrer. On dit que ce bois
que nous cotoyâmes, en fourmille : cela n'est
pas bien, il méritait qu'on le brûlât.

Republique de loups, asile de brigands,
    Faut-il que tu sois dans le monde?
    Tu favorises les méchants
    Par ton ombre épaisse et profonde.

Ils égorgent celui que Thémis, ou le gain,
Ou le désir de voir fait sortir de sa terre.
En combien de façons, hélas ! le genre huma'n
    Se fait à soi-même la guerre !

Puisse le feu du ciel désoler ton enceinte !
Jamais celui d'amour ne s'y fasse sentir,
    Ni ne s'y laisse amortir !
Qu'au lieu d'Amarillis, de Diane et d'Aminte,
On y trouve chez toi de vilains bûcherons,
    Charbonniers, noirs comme démons,
    Qui t'accommodent de manière

Que tu·sois à tous les larrons
Ce qu'on appelle cimetière !

Notre première traite s'acheva plus tard que
les autres ; il nous resta toutefois assez de jour
pour remarquer, en entrant dans Etampes, quelques monuments de nos guerres : ce n'est pas
les plus riches que j'ai vus : j'y trouvai beaucoup
de gothique : aussi est-ce l'ouvrage de Mars,
méchant maçon , s'il en fut jamais.

Il nous laisse ces monumens
Pour marque de nos mouvements :
Quand Turenne assiégea Tavanne,
Turenne fit ce que la Cour lui dit :
Tavanne , non ; car il se défendit,
Et joua de la sarbacane.
Beaucoup de sang français fut alors répandu ;
On perd de deux côtés dans la guerre civile :
Notre prince eût toujours perdu,
Quand même il eût gagné la ville.

Enfin , nous regardâmes avec pitié les fau-
bourgs d'Etampes. Imaginez-vous une suite de
maisons sans toits, sans fenêtres, percées de tous
côtés; il n'y a rien de plus laid et de plus hideux.
Cela me remet en mémoire de Troie-la-grande.
En vérité , la fortune se moque bien du travail
des hommes : j'en entretins le soir notre compagnie , et le lendemain nous traversâmes la
Beauce , pays ennuyeux , et qui outre l'inclina-

tion que j'ai à dormir, nous en fournissait un
très-beau sujet. Pour s'en empêcher, on mit une
question de controverse sur le tapis : notre Comtesse en fut la cause ; elle est de la religion lu-
thérienne, et nous montra un livre de Dumoulin.
M. de Châteauneuf (c'est le nom du valet de
pied) l'entreprit, et lui dit que sa religion ne
valait rien, pour bien des raisons. Premièrement,
Luther a eu je ne sais combien de bâtards ; les
Huguenots ne vont jamais à la messe : enfin , il
lui conseillait de se convertir, si elle ne voulait
aller en enfer, car le purgatoire n'était pas fait
pour des gens comme elle. La Poitevine se mit
aussitôt sur l'Écriture, et demanda un passage
où il fût parlé du Purgatoire. Pendant cela , le
Notaire chantait toujours ; M. Jannart et moi
nous nous endormîmes. L'après-dînée, de crainte
que M. de Châteauneuf ne nous remît sur sa controverse, je demandai à notre comtesse inconnue s'il y avait de belles personnes à Poitiers.
Elle nous en nomma quelques-unes, entr'autres,
une fille appelée *Barigny* , de condition médiocre ; car son père n'était que tailleur , mais , au
reste, on ne pouvait dire assez de choses de la
beauté de cette personne. Leurs aventures nous
divertirent de telle sorte , que nous entrâmes
dans Orléans, sans nous en être presque aperçus ; il semblait même que le soleil se fût amusé
à les entendre aussi bien que nous : car, quoique

nous eussions fait vingt lieues, il n'était pas encore au bout de sa traite. Bien davantage, soit que la Barigny fût cette soirée à la promenade, soit qu'il dût se coucher au sein de quelque rivière charmante, comme la Loire, il s'était tellement paré, que M. de Châteauneuf et moi nous l'allâmes regarder de dessus le pont. Par ce même moyen, je vis la Pucelle; mais, ma foi, ce fut sans plaisir. Je ne lui trouvai ni l'air, ni la taille, ni le visage d'une amazone. L'infante Gradafilée en vaut dix comme elle, et si ce n'était que M. Chapelain est son chroniqueur, je ne sais si j'en ferais mention. Je la regardai, pour l'amour de lui, plus longtemps que je n'aurais fait. Elle est à genoux devant une croix, et le roi Charles, en même posture vis-à-vis d'elle; le tout fort chétif et de petite apparence : c'est un monument qui se sent de la pauvreté de son siècle. Le pont d'Orléans ne me parut pas non plus d'une largeur, ni d'une majesté proportionnée à la noblesse de son emploi, et à la place qu'il occupe dans l'univers.

Ce n'est pas petite gloire
Que d'être pont sur la Loire :
On voit à ses pieds rouler
La plus belle des rivières,
Que de ses vastes carrières
Phœbus regarde couler.

Elle est près de trois fois aussi large à Orléans, que la Seine l'est à Paris ; l'horizon très-beau de tous les côtés, et borné comme il doit être ; si bien que cette rivière étant basse à proportion , ses eaux sont claires , son cours sans replis ; on dirait que c'est un canal. De chaque côté du pont, on voit continuellement des barques qui vont à voiles : les unes montent, les autres descendent ; et comme le bord n'est pas si grand qu'à Paris , rien n'empêche qu'on ne les distingue toutes. On les compte , on remarque en quelle distance elles sont les unes des autres ; c'est ce qui fait une de ses beautés : en effet , ce serait dommage qu'une eau si pure fût entièrement couverte par des bateaux. Les voiles de ceux-ci sont fort amples , cela leur donne une majesté de navires , et je m'imagine voir le port de Constantinople en petit. D'ailleurs , Orléans, à le regarder du côté de la Sologne, est d'un bel aspect. Comme la ville va en montant, on la découvre quasi toute entière : le Mail et les autres arbres qu'on a plantés en beaucoup d'endroits , le long du rempart, font qu'elle paraît à demi-fermée de murailles vertes ; et, à mon avis, cela lui sied bien. De la particulariser en dedans, je vous ennuyerais : c'en est déjà trop pour vous de cette matière. Vous saurez cependant que le quartier par où nous descendîmes au pont , est fort laid , le reste assez beau , des rues spacieuses ,

nettes , agréables , et qui sentent leur bonne
ville. Je n'eus pas assez de temps pour voir le
rempart , mais je m'en suis laissé dire beaucoup
de bien , ainsi que de l'église de Sainte-Croix.
Enfin , notre compagnie , qui s'était dispersée
de tous les côtés , revint satisfaite. L'un parla
d'une chose, l'autre d'une autre. L'heure du souper venue, chevaliers et dames se furent seoir à
leurs tables assez mal servies , puis se mirent
au lit incontinent , comme on peut penser ; et
sur ce , le chroniqueur fait fin au présent
chapitre.

LETTRE TROISIÈME A LA MÊME

Autant que la Beauce m'avait semblé ennuyeu-
se , autant le pays , qui est depuis Orléans jusqu'à Amboise, me parut agréable et divertissant.
Nous eûmes au commencement la Sologne, province beaucoup moins fertile que le Vendômois,
lequel est de l'autre côté de la rivière : aussi
a-t-on un niais du pays pour très-peu de chose ;
car ceux-là ne sont pas fols comme ceux de la
Champagne ou de Picardie. Je crois que les
niaises coûtent davantage. Le premier lieu où
nous nous arrêtâmes , fut Cléry. J'allai aussitôt
visiter l'église : c'est une collégiale assez bien
rentée pour un bourg , non que les chanoines
en demeurent d'accord , ou que je le leur aie ouï

dire. Louis XI y est enterré: on le voit à genoux
sur son tombeau, quatre enfants aux coins, ce
seraient quatre anges, et ce pourrait être quatre
amours, si on ne leur avait pas arraché les ailes.
le bon apôtre de roi fait là le saint homme, et
est bien mieux pris que quand le Bourguignon
le mena à Liège.

> Je lui trouvai la mine d'un matois:
> Aussi l'était ce Prince dont la vie
> Doit rarement servir d'exemple aux Rois,
> Et pourrait être, en quelque point, suivie.

A ses genoux sont ses heures et son chapelet,
et autres menus ustensiles, sa main de justice,
son sceptre, son chapeau, et sa Notre-Dame;
je ne sais comment le statuaire n'y a pas mis le
prévôt de Tristan : le tout est en marbre blanc,
et m'a semblé d'assez bonne main. Au sortir de
cette église, je pris une autre hôtellerie pour la
nôtre; il s'en fallut peu que je n'y commandasse
à dîner, et m'étant allé promener dans le jardin,
je m'attachai tellement à la lecture de Tite-Live,
qu'il se passa plus d'une bonne heure sans que
je fisse réflexion sur mon appétit : un valet de
ce logis m'ayant averti de cette méprise, je courus au lieu où nous étions descendu, et j'arrivai
assez à temps pour compter. De Cléry à Saint-
Dié, qui est le gîte ordinaire, il n'y a que quatre
lieues, chemin agréable et bordé de haies; ce

qui me fit faire une partie de la traite à pied. Il
ne m'arriva aucune aventure digne d'être écrite,
sinon que je rencontrai, ce me semble, deux
ou trois gueux et quelques pélerins de Saint-
Jacques. Comme Saint-Dié n'est qu'un bourg, et
que les hôtelleries y sont mal meublées, notre
comtesse n'étant pas satisfaite de sa chambre,
M. de Châteauneuf voulant toujours que votre
oncle fût le mieux logé, nous pensâmes tomber
dans le différend de Potrot et de la dame de
Noüaillé. La chose se passa d'une autre manière.
La Comtesse se plaignit des puces le lendemain :
je ne sais si ce fut cela qui éveilla le cocher : je
veux dire les puces du cocher, et non celles de
la Comtesse ; tant y a qu'il nous fit partir de si
grand matin, qu'il n'était quasi que huit heures
quand nous nous trouvâmes vis-à-vis de Blois,
rien que la Loire entre deux. Blois est en pente
comme Orléans, mais plus petit et plus ramassé;
les toits des maisons y sont disposés en beaucoup
d'endroits, de telle manière qu'ils ressemblent
aux degrés d'un amphithéâtre : cela me parut
très-beau, et je crois que difficilement on pourrait trouver un aspect plus riant et plus agréable. Le château est à un bout de la ville, à
l'autre bout, Sainte Solemne ; cette église paraît
fort grande, et n'est cachée d'aucunes maisons ;
enfin, elle répond tout-à-fait bien au logis du
Prince ; chacun de ces bâtimens est situé sur une

éminence dont la pente se vient joindre vers le
milieu de la ville, de sorte qu'il s'en faut peu que
la ville ne fasse un croissant, dont Sainte Solemne et le château font les cornes. Je ne me
suis pas informé des mœurs anciennes. Quant à
présent, la façon de vivre y est fort polie, soit
que cela ait été ainsi de tout temps, et que le
climat et la beauté du pays y contribuent, soit
que le séjour de Monsieur ait amené cette politesse, ou le nombre de jolies femmes. Je m'en
fis nommer quelques-unes à mon ordinaire ; on
me voulut, outre cela, montrer des bossus,
chose assez commune dans Blois, à ce qu'on m'a
dit, encore plus commune dans Orléans. Je crus
que le ciel, ami de ces peuples, leur envoyait
de l'esprit par cette voie-là : car on dit que bossu
n'en manqua jamais ; et cependant il y a de
vieilles traditions qui en donnent une autre raison. La voici telle qu'on me l'a apprise : elle regarde aussi la constitution de la Beauce et du
Limousin.

La Beauce avait jadis des monts en abondance
   Comme le reste de la France :
   De quoi la ville d'Orléans,
Pleine de gens heureux, délicats, fainéants,
   Qui voulaient marcher à leur aise,
   Se plaignit et fit la mauvaise,
   Et Messieurs les Orléanais
   Dirent au sort, tous d'une voix,

2

Une fois, deux fois et trois fois,
Qu'il eût à leur ôter la peine
De monter, de descendre, et remonter encor.
Quoi ! toujours mont, et jamais plaine !
Faites-nous avoir triple haleine,
Jambes de fer, naturel fort,
Ou nous donnez une campagne
Qui n'ait plus ni mont, ni montagne.
— Oh, oh ! leur répartit le sort,
Vous faites les mutins, et dans toutes les Gaules,
Je ne vois que vous seuls qui des monts vous plaigniez.
Puis donc qu'ils nuisent à vos pieds,
Vous les aurez sur vos épaules.
Lors la Beauce de s'aplanir,
De s'égaler, de devenir
Un terroir uni comme glace ;
Et bossus de naître en la place,
Et monts de déloger des champs.
Tout ne put tenir sur les gens ;
Si bien que la troupe céleste ,
Ne sachant que faire du reste ,
S'en allait les placer dans le terroir voisin,
Lorsque Jupiter dit : Épargnons la Touraine
Et le Blaisais ; car ce domaine
Doit être un jour à mon cousin : (*)
Mettons-les dans le Limousin.

Ceux de Blois, comme voisins et bons amis
de ceux d'Orléans, les ont soulagés d'une partie
de leurs charges : les uns et les autres doivent

(*) M. le Duc d'Orléans.

encore avoir une génération de bossus , et puis
ç'en est fait. Vous aurez pour cette tradition
telle croyance qu'il vous plaira : ce que je vous
assure être fort vrai , c'est que M. de Châteauneuf et moi nous déjeûnâmes très-bien , et allâmes voir ensuite le logis du Prince. Il a été bâti
à plusieurs reprises, une partie sous François Ier,
l'autre , sous quelqu'un de ses devanciers. Il y
a en face un corps de logis à la moderne , que
feu Monsieur a fait commencer : toutes ces trois
pièces ne font, Dieu merci, nulle symétrie , et
n'ont rapport ni convenance l'une avec l'autre ;
l'architecte a évité cela autant qu'il a pu. Ce qu'a
fait faire François Ier , à le regarder du dehors ,
me contenta plus que tout le reste : il y a force
petites galeries , petites fenêtres, petits balcons,
petits ornemens sans régularité et sans ordre ;
cela fait quelque chose de grand qui plaît assez.
Nous n'eûmes pas le loisir de voir le dedans : je
n'en regrettai que la chambre où Monsieur est
mort; car je la considère comme une relique.
En effet, il n'y a personne qui ne doive avoir une
extrême vénération pour la mémoire de ce Prince; les peuples de ces contrées le pleurent encore
avec raison. Jamais règne ne fut plus doux, plus
tranquille , plus heureux que n'a été le sien ; et,
en vérité, de semblables princes devraient naître un peu plus souvent, ou ne point mourir.
J'eusse aussi fort souhaité de voir son jardin de

plantes, lequel on tenait, pendant sa vie, pour
le plus parfait qui fût au monde : il ne plut pas
à notre cocher, qui ne se soucia que de déjeûner largement, puis nous faire partir. Tant que
la journée dura nous eûmes beau temps ; beau
chemin, beau pays ; surtout la levée ne nous
quitta point, ou nous ne quittâmes point la
levée : l'un vaut l'autre. C'est une chaussée qui
suit les bords de la Loire et retient cette rivière
dans son lit : ouvrage qui a coûté bien du temps
à faire, et qui en coûte encore beaucoup à entretenir. Quant au pays, je ne vous en saurais
dire assez de merveilles : point de ces montagnes
pelées qui choquent tant notre cher M. de Mau-
croix ; mais, de part et d'autre, côteaux les plus
agréablements vêtus qui soient dans le monde.
Vous m'en entendrez parler plus d'une fois :
mais, en attendant,

> Que dirons-nous que fut la Loire
> Avant que d'être ce qu'elle est ?
> Car vous savez qu'en son histoire
> Notre bon Ovide s'en tait ?
> Fut-ce quelque aimable personne,
> Quelque reine, quelque amazone,
> Quelque nymphe au cœur de rocher,
> Qu'aucun amant ne sut toucher ?
> Ces origines sont communes ;
> C'est pourquoi n'allons pas chercher
> Les Jupiters et les Neptunes,
> Ou les Dieux Pans qui poursuivaient

Toutes les belles qu'ils trouvaient.
Laissons-là ces métamorphoses,
Et disons ici, s'il vous plait,
Que la Loire était ce qu'elle est
Dès le commencement des choses.

La Loire est donc une rivière
Arrosant un pays favorisé des cieux,
Douce quand il lui plaît, quand il lui plaît, si fière,
Qu'à peine arrête-t-on son cours impérieux.
Elle ravagerait mille moissons fertiles,
Engloutirait des bourgs, ferait flotter des villes,
Détruirait tout en une nuit;
Il ne faudrait qu'une journée,
Pour lui voir entraîner le fruit
De tout le labeur d'une année,
Si, le long de ses bords, n'était une levée
Qu'on entretient soigneusement.
Dès-lors qu'un endroit se dément,
On le rétablit tout à l'heure;
La moindre brèche n'y demeure
Sans qu'on y touche incessamment;
Et pour cet entreténement,
Unique obstacle à tels ravages,
Chacun a son département,
Communautés, bourgs et villages.
Vous croyez bien qu'étant sur ces rivages,
Nos gens et moi nous ne manquâmes pas
De promener à l'entour notre vue.
J'y rencontrai de si charmans appas
Que j'en ai l'âme encore émue.
Côteaux riants y sont de deux côtés,
Côteaux non pas si voisins de la nue

Qu'en Limousin, mais côteaux enchantés,
Belles maisons, beaux parcs et bien plantés,
Prés verdoyans, dont ce pays abonde,
Vignes et bois, tant de diversités,
Qu'on croit d'abord être en un autre monde...
Mais le plus bel objet, c'est la Loire, sans doute ;
On la voit rarement s'écarter de sa route,
Elle a peu de replis dans son cours mesuré :
Ce n'est pas un ruisseau qui serpente en un pré ;

    C'est la fille d'Amphitrite,
    C'est elle dont le mérite,
    Le nom, la gloire et les bords
    Sont dignes de ces provinces,
    Qu'entre leurs plus grands trésors,
    Ont toujours placés nos Princes.
    Elle répand son cristal,
    Mais avec magnificence ;
    Et le jardin de la France
    Méritait un tel canal.

Je lui veux du mal en une chose, c'est que l'ayant vue, je m'imaginai qu'il n'y avait plus rien à voir ; il ne me resta ni curiosité ni désir. Richelieu m'a bien fait changer de sentiment : c'est un admirable objet que ce Richelieu ; j'en ai daté ma lettre, parce que je l'y ai achevée. Voyez l'obligation que vous m'avez, il ne s'en faut pas un quart-d'heure qu'il ne soit minuit, et nous devons nous lever demain avant le soleil, bien qu'il ait promis en se couchant, qu'il se lèverait de fort grand matin. J'emploie cependant les heures qui me sont les plus précieuses, à vous faire des relations , moi qui suis enfant du sommeil et de la paresse. Qu'on me parle après cela des maris qui se sont sacrifiés pour leurs femmes : je prétends les surpasser tous , et vous ne sauriez vous acquitter envers moi , si vous ne me souhaitez d'aussi bonnes nuits que j'en aurai de mauvaises avant que notre voyage soit achevé.

LETTRE QUATRIÈME A LA MÊME

Nous arrivâmes à Amboise d'assez bonne heure , mais par un fort mauvais temps : je ne laissai pas d'employer le reste du jour à voir le château ; de vous en faire le plan , c'est à quoi je ne m'amusai pas , et pour cause. Vous saurez, sans plus, que devers la ville il est situé sur un roc, et paraît extrêmement haut vers la campagne ; le terrein d'alentour est plus élevé. Dans l'enceinte il y a trois ou quatre choses fort remarquables, la première est ce bois de cerf dont on parle tant , et dont on ne parle pas assez selon mon avis : car soit qu'on le veuille faire passer pour naturel ou pour artificiel, j'y trouve un sujet d'étonnement presqu'égal. Ceux qui le trouvent artificiel tombent d'accord que c'est bois de cerf, mais de plusieurs pièces ; or , le moyen de les avoir jointes sans qu'il y paraisse de liaison ? De dire aussi qu'il soit naturel , et

que l'univers ait jamais produit un animal assez
grand pour le porter , cela n'est guères croya-
ble.

> Il en sera toujours douté,
> Quand bien ce cerf aurait été
> Plus ancien qu'un Patriarche.
> Tel animal , en vérité ,
> N'eût jamais su tenir dans l'arche.

Ce que je remarquai encore de singulier , ce
furent deux tours bâties en terre comme des
puits ; on a fait dedans des escaliers en forme
de rampes, par où l'on descend jusqu'au pied
du château , si bien qu'elles touchent, ainsi que
les chênes dont parle Virgile ,

> D'un bout au ciel, d'autre bout aux enfers.

Je les trouvai bien bâties , et leur sculpture
me plut autant que le reste du château nous parut indigne de nous y arrêter. Il a toutefois été
un temps qu'on le faisait servir de berceau à nos
jeunes rois, et véritablement c'était un berceau
d'une manière assez solide , et qui n'était pas
pour se renverser facilement. Ce qu'il y a de
beau, c'est la vue ; elle est grande, majestueuse,
d'une étendue immense, l'œil ne trouve rien qui
l'arrête ; point d'objet qui ne l'occupe le plus
agréablement du monde. On s'imagine découvrir
Tours, quoiqu'il soit à quinze ou vingt lieues ;

du reste, on a en aspect la côte la plus riante et la mieux diversifiée que j'aie encore vue, et aux pieds d'une prairie qu'arrose la Loire : car cette rivière passe à Amboise. De tout cela, le pauvre M. Fouquet ne put jamais, pendant son séjour, jouir un petit moment ; on avait bouché toutes les fenêtres de sa chambre, et on n'y avait laissé qu'un trou par le haut. Je demandai à la voir, triste plaisir, je vous le confesse, mais enfin je le demandai. Le soldat qui nous conduisait, n'avait pas la clef ; au défaut, je fus long-temps à considérer la porte, et me fis conter la manière dont le prisonnier était gardé : je vous en ferais volontiers la description ; mais ce souvenir est trop affligeant.

Qu'est-il besoin que je retrace
Une garde au soin nompareil,
Chambre murée, étroite place,
Quelque peu d'air pour toute grâce,
    Jours sans soleil,
    Nuits sans sommeil,
Trois portes en six pieds d'espace ?
Vous peindre un tel appartement,
Ce serait attirer vos larmes :
Je l'ai fait insensiblement,
Cette plainte a pour moi des charmes.

Sans la nuit on n'eût jamais pu m'arracher de cet endroit ; il fallut enfin retourner à l'hôtellerie ; et le lendemain nous nous écartâmes de la

Loire et la laissâmes à la droite : j'en suis très-
fâché, non pas que les rivières nous aient manqué dans notre voyage.

> Depuis ce lieu, jusques au Limousin,
> Nous en avons passé quatre en chemin,
> De fort bon compte, au moins qu'il m'en souvienne ;
> L'Indre, le Cher, et la Creuse et la Vienne :
> Ce ne sont pas simples ruisseaux.
> Non, non, la Carte nous les nomme ;
> Ceux qui sont péris sous les eaux
> Ne l'ont pas été dire à Rome.

La première que nous rencontrâmes, ce fut
l'Indre. Après l'avoir passée, nous trouvâmes au
bord trois hommes d'assez bonne mine ; mais
mal vêtus et fort délabrés. L'un des ces héros
guzmanesques avait fait une tresse de ses cheveux, laquelle lui pendait en derrière comme
une queue de cheval. Non loin de là nous apper-
cûmes quelques Philis, je veux dire Philis d'É-
gypte, qui venaient vers nous dansant, folâ-
trant, montrant leurs épaules, et traînant avec
elles des doüégnas détestables à proportion, et
qui nous regardaient avec autant de mépris que
si elles eussent été belles et jeunes. Je frémis
d'horreur à ce spectacle, et j'en ai été plus de
deux jours sans manger. Deux femmes fort blanches marchaient ensuite, elles avaient le teint
délicat, la taille bien faite, de la beauté médiocrement, et n'étaient anges, à bien parler, qu'en

tant que les autres étaient de véritables démons.
Nous saluâmes ces deux avec beaucoup de respect, tant à cause d'elles que de leurs jupes,
qui véritablement étaient plus riches que ne semblait le promettre un tel équipage ; le reste de
leur habit consistait en une cappe d'étoffe blanche, et sur la tête un petit chapeau à l'anglaise,
de taffetas de couleur avec un galon d'argent.
Elles ne nous rendirent notre salut qu'en faisant
une légère inclination de la tête, marchant toujours avec une gravité de déesses, et ne daignant
presque jeter les yeux sur nous, comme simples
mortels que nous étions. D'autres douégnas les
suivaient, non moins laides que les précédentes;
et la caravane était fermée par un cordelier.
Le bagage marchait en queue, partie sur char-
riots, partie sur bêtes de somme, puis quatre
carrosses vuides et quelques valets à l'entour.

> Non sans écureuils et traquets,
> Ni, je pense, sans perroquets.

Le tout escorté par M. de la Fourcade, garde
du corps. Je vous laisse à deviner, quels gens
c'étaient. Comme ils suivaient notre route, et
qu'ils débarquèrent à la même hôtellerie où
notre cocher nous avait fait descendre, le scru-
pule nous prit à Tours de coucher en mêmes lits
qu'eux, et de boire en mêmes verres. Il n'y en
avait point qui s'en tourmentât plus que la com-

tesse. Nous allâmes le jour suivant coucher à
Montels, et dîner le lendemain au Port de Piles,
où notre compagnie commença de se préparer.
La comtesse envoya un laquais, non chez son
mari, mais chez un de ses parents, porter les
nouvelles de son arrivée, et donner ordre qu'on
lui amenât un carrosse avec quelque escorte.
Pour moi, comme Richelieu n'était qu'à cinq
lieues, je n'avais garde de manquer de l'aller
voir : les Allemands se détournent bien pour cela
de plusieurs journées. M. de Châteauneuf, qui
connaissait le pays, s'offrit à m'accompagner ;
je le pris au mot : et aussi votre oncle demeura
seul, et alla coucher à Châtellerault, où nous
promîmes de nous rendre le lendemain de grand
matin. Le Port de Piles est un lieu passant, et
où l'on trouve toutes sortes de commodités,
même incommodes : il s'y rencontre des méchants chevaux

> Encore mal ferrés, et plus mal embouchés,
>   Et très-mal enharnachés.

Mais quoi, nous n'avions pas à choisir ; tels
qu'ils étaient je les fis mettre en état,

> Laisse le pire, et sur le meilleur monte.

Pour plus d'assurance, nous prîmes un guide
qu'il nous fallut mener en trousse l'un après
l'autre, afin de gagner du temps ; avec cela

nous n'en eûmes que ce qu'il fallut pour voir les choses les plus remarquables. J'avais promis de sacrifier au vent du midi une brebis noire, aux zéphirs une brebis blanche, et à Jupiter, le plus gras bœuf que je pourrais rencontrer dans le Limousin : ils nous furent tous favorables. Je crois toutefois qu'il suffira que je les paie en chansons, car les bœufs du Limousin sont trop chers, et il y en a qui se vendent cent écus dans le pays. Étant arrivés à Richelieu, nous commençâmes par le château, dont je ne vous enverrai pourtant la description qu'au premier jour. Ce que je puis vous dire en gros de la ville, c'est qu'elle aura bientôt la gloire d'être le plus beau village de l'univers ; elle est désertée petit-à-petit, à cause de l'infertilité du terroir, ou pour être à quatre lieues de toute rivière et de tout passage. En cela, son fondateur qui prétendait en faire une ville de renom, a mal pris ses mesures : chose qui ne lui arrivait pas fort souvent. Je m'étonne, comme on dit qu'il pouvait tout, qu'il n'ait pas fait transporter la Loire aux pieds de cette nouvelle ville, ou qu'il n'y ait fait passer le grand chemin de Bordeaux. Au défaut, il devait choisir un autre endroit, et il en eut aussi la pensée ; mais l'envie de consacrer les marques de sa naissance, l'obligea de faire bâtir autour de la chambre où il était né. Il avait de ces vanités que beaucoup de gens blâmeront, et

5

qui sont pourtant communes à tous les héros,
témoin celle-là d'Alexandre le Grand, qui faisait
laisser où il passait les mords et les brides plus
grands qu'à l'ordinaire ; afin que la postérité
crût que lui et ses gens étaient d'autres hommes,
puisqu'ils se servaient de si grands chevaux.
Peut être aussi que l'ancien parc de Richelieu,
et les bois de ses avenues, qui étaient beaux,
semblèrent à leur maître dignes d'un château
plus somptueux que celui de son patrimoine : et
ce château attire à la ville, comme le principal
fait l'accessoire.

Enfin, elle est, à mon avis,
Mal située, et bien bâtie ;
On en a fait tous les logis
D'une pareille symétrie.

Ce sont des bâtimens fort hauts ;
Leur aspect vous plairait sans faute :
Les dedans ont quelques défauts ;
Le plus grand, c'est qu'il manque d'hôte.

La plupart sont inhabités,
Je ne vis personne en la rue,
Il m'en déplut ; j'aime aux cités
Un peu de bruit et de cohue.

J'ai dit la rue, et j'ai bien dit ;
Car elle est seule et des plus droites :
Que Dieu lui donne le crédit
De se voir un jour des cadettes.

Vous vous souviendrez bien et beau,
Qu'à chaque bout est une place
Grande, carrée, et de niveau ;
Ce qui, sans doute, a bonne grâce.

C'est aussi tout, mais c'est assez ;
De savoir si la ville est forte,
Je m'en remets à ses fossés,
Murs, parapets, remparts et portes.

Au reste, je ne vous saurais mieux dépeindre tous ces logis de même parure, que par la place royale : les dedans sont beaucoup plus sombres, vous pouvez croire, et moins ajustés. J'oubliais à vous marquer que ce sont des gens de finance et du conseil, secrétaires d'État, et autres personnes attachées à ce Cardinal, qui ont fait faire ces bâtiments, pour la plupart, par complaisance, et pour lui faire leur cour. Les beaux esprits auraient suivi leurs exemples, si ce n'était qu'ils ne sont pas grands édificateurs, comme dit Voiture ; car d'ailleurs, ils étaient tous pleins de zèle et d'affection pour ce grand Ministre : voilà tout ce que j'avais à vous dire touchant la ville de Richelieu. Je remets la description du château à une autre fois, afin d'avoir plus souvent occasion de vous demander de vos nouvelles, et pour ménager un amusement qui vous doit faire passer notre exil avec moins d'ennui.

VOYAGE

DE J. J. ROUSSEAU

A MONTPELLIER

Ma santé ne se rétablissait point. Je dépérissais au contraire à vue d'œil. J'étais pâle comme un mort, et maigre comme un squelette. Mes battements d'artères étaient terribles, mes palpitations plus fréquentes, j'étais continuellement oppressé, et ma faiblesse enfin devint telle que j'avais peine à me mouvoir ; je ne pouvais presser le pas sans étouffer, je ne pouvais me baisser sans avoir des vertiges, je ne pouvais soulever le plus léger fardeau ; j'étais réduit à l'inaction la plus tourmentante pour un homme aussi remuant que moi. Il est certain qu'il se mêlait à cela beaucoup de vapeurs. Les vapeurs sont les maladies des gens heureux ; c'était la mienne : les pleurs que je versais souvent sans raison de pleurer , les frayeurs vives au bruit d'une feuille ou d'un oiseau ; l'inégalité d'humeur dans le calme de la plus douce vie , tout cela marquait cet ennui du bien être qui fait pour ainsi dire extravaguer la sensibilité.

Pour m'achever , ayant fait entrer un peu de physiologie dans mes lectures , je m'étais mis à étudier l'anatomie , et passant en revue la multitude et le jeu des pièces qui composaient ma machine , je m'attendais à sentir détraquer tout cela vingt fois le jour : loin d'être étonné de me trouver mourant , je l'étais que je pusse encore vivre , et je ne lisais pas la description d'une maladie que je ne crusse être la mienne. Je suis sûr que si je n'avais pas été malade , je le serais devenu par cette fatale étude. Trouvant dans chaque maladie des symptômes de la mienne , je croyais les avoir toutes , et j'en gagnai par-dessus une plus cruelle encore, la fantaisie de guérir ; c'en est une difficile à éviter quand on se met à lire des livres de médecine. A force de chercher, de réfléchir , de comparer , j'allai m'imaginer que la base de mon mal était un polype au cœur. Je tendis tous les ressorts de mon esprit pour chercher comment on pouvait guérir d'un polype au cœur , résolu d'entreprendre cette merveilleuse cure. Dans un voyage qu'Anet avait fait à Montpellier, pour aller voir le jardin des plantes, on lui avait dit que M. Fizes avait guéri un pareil polype. Il n'en fallut pas davantage pour m'inspirer le désir d'aller consulter M. Fizes. L'espoir de guérir me fait retrouver du courage et des forces pour entreprendre ce voyage, et me voilà parti pour Montpellier.

Le cheval me fatiguant trop, j'avais pris une chaise à Grenoble. A Moirans cinq ou six autres chaises arrivèrent à la file après la mienne. Pour le coup c'était vraiment l'aventure des brancards. La plupart de ces chaises étaient le cortège d'une nouvelle mariée appelée Madame de ***. Avec elle était une autre femme appelée Madame de N***, qui de Romans où s'arrêtait celle-ci devait poursuivre sa route jusqu'au *** près le Pont du St. Esprit. Avec la timidité qu'on me connaît, on s'attend que la connaissance ne fut pas sitôt faite des femmes brillantes et la suite qui les entourait. Mais enfin, suivant la même route, logeant dans les mêmes auberges, et sous peine de passer pour un loup-garou, forcé de me présenter à la même table, il fallait bien que cette connaissance se fît. Elle se fit donc, et même plutôt que je n'aurais voulu, car tout ce fracas ne convenait guère à un malade et surtout à un malade de mon humeur. Le mauvais état de ma santé fut le premier texte de notre connaissance. On

voyait que j'étais malade, on savait que j'allais
à Montpellier. Quoique l'état de maladie ne soit
pas une grande recommandation, il me rendit
toutefois intéressant auprès de ces dames. Le
matin elles envoyaient savoir de mes nouvelles,
et m'inviter à prendre le chocolat avec elles :
elles s'informaient comment j'avais passé la nuit.
Une fois, selon ma louable coutume de parler
sans penser, je répondis que je ne savais pas.
Cette réponse leur fit croire que j'étais fou ; elles
m'examinèrent davantage, et cet examen ne me
nuisit pas.

En se familiarisant, il fallait parler de soi,
dire d'où l'on venait, qui l'on était. Cela m'embarrassait. Je ne sais par quelle bizarrerie je
m'avisai de passer pour anglais. Je me donnai
pour Jacobite, on me prit pour tel ; je m'appelai Dudding, et l'on m'appela M. Dudding. Un
maudit marquis de *** qui était là, malade ainsi
que moi, vieux au par-dessus, et d'assez mauvaise humeur, s'avisa de lier conversation avec
M. Dudding. Il me parla du roi Jacques, du pré-
tendant, de l'ancienne cour de Saint Germain.
J'étais sur les épines. Je ne savais de tout cela
que le peu que j'avais lu dans le comte Hamilton
et dans les gazettes ; cependant je fis de ce peu
si bon usage que je me tirai d'affaire ; heureux
qu'on ne se fût pas avisé de me questionner sur
la langue anglaise dont je ne savais pas un
seul mot.

Toute la compagnie se convenait et voyait à regret le moment de se quitter. Nous faisions des journées de limaçon. Il fallut nous séparer. Nous donnâmes le change à nos regrets par des projets pour notre réunion. Il fut décidé que j'irai passer l'hiver au ***, sous la direction de Madame N***. Je devais seulement rester à Montpellier cinq à six semaines.

J'achevais ma route en la recommençant dans mes souvenirs, et pour le coup très-content d'être dans une bonne chaise pour y rêver plus à mon aise aux plaisirs que j'avais goûtés, et à ceux qui m'étaient promis. Tels furent les sujets de mes rêveries depuis le Pont St-Esprit jusqu'à Remoulin. On m'avait dit d'aller voir le Pont-du-Gard. C'était le premier ouvrage des Romains que j'eusse vu. Je m'attendais à voir un monument digne des mains qui l'avaient construit. Pour le coup l'objet passa mon attente, et ce fut la seule fois en ma vie. Il n'appartenait qu'aux Romains de produire cet effet. L'aspect de ce simple et noble ouvrage me frappa d'autant plus qu'il est au milieu d'un désert où le silence et la solitude rendent l'objet plus frappant et l'admiration plus vive ; car ce prétendu pont n'était qu'un aqueduc. On se demande quelle force a transporté ces pierres énormes si loin de toute carrière, et a réuni les bras de tant de milliers d'hommes dans un lieu où il n'en habite aucun !

Je parcourus les trois étages de ce superbe édifice, que le respect m'empêchait presque d'oser fouler sous mes pieds. Le retentissement de mes pas sous ces immenses voûtes me faisait croire entendre la forte voix de ceux qui les avaient bâties. Je me perdais comme un insecte dans cette immensité. Je sentais, tout en me faisant petit, je ne sais quoi qui m'élevait l'âme, et je me disais en soupirant : Que ne suis-je né Romain ! Je restai là plusieurs heures dans une contemplation ravissante. Je m'en revins distrait et rêveur.

A Nîmes j'allai voir les Arènes ; c'est un ouvrage beaucoup plus magnifique que le Pont-du-Gard, et qui me fit beaucoup moins d'impression, soit que mon admiration se fût épuisée sur le premier objet, soit que la situation de l'autre au milieu de la ville fût moins propre à l'exciter. Ce vaste et superbe cirque est entouré de vilaines petites maisons, et d'autres maisons plus petites et plus vilaines encore en remplissent l'Arène*, de sorte que le tout ne produit qu'un effet disparate et confus, où le regret et l'indignation étouffent le plaisir et la surprise. J'ai vu depuis le cirque de Vérone infiniment plus petit et moins beau que celui de Nîmes, mais entre-

* Depuis longtemps l'extérieur et l'intérieur des Arènes sont débarrassés de ces masures, et l'on peut aujourd'hui contempler dans toute sa beauté ce magnifique monument.

tenu et conservé avec toute la décence et la
propreté possibles, et qui par cela même me fit
une impression plus forte et plus agréable. Les
Français n'ont soin de rien et ne respectent
aucun monument. Ils sont tout feu pour entreprendre, et ne savent rien finir ni rien entretenir.

J'étais changé à tel point, et ma sensualité
mise en exercice s'était si bien éveillée, que je
m'arrêtai un jour au Pont-de-Lunel pour y faire
bonne chère, avec de la compagnie qui s'y
trouva. Ce cabaret, le plus estimé de l'Europe,
méritait alors de l'être. Ceux qui le tenaient
avaient su tirer parti de son heureuse situation
pour le tenir abondamment approvisionné et
avec choix. C'était réellement une chose curieuse
de trouver dans une maison seule et isolée au
milieu de la campagne, une table fournie en
poisson de mer et d'eau douce, en gibier excellent, en vins fins, servie avec ces attentions et
ces soins qu'on ne trouve que chez les grands et
chez les riches, et tout cela pour vos trente-cinq
sous. Mais ce Pont-de-Lunel ne resta pas longtemps sur ce pied, et à force d'user sa réputation, il la perdit enfin tout-à-fait.

J'avais oublié durant ma route que j'étais
malade ; je m'en souvins en arrivant à Montpellier. Mes vapeurs étaient bien guéries, mais tous
mes autres maux me restaient, et quoique l'ha-

bitude m'y rendît moins sensible, c'en était assez pour se croire mort à qui s'en trouverait attaqué tout d'un coup. En effet ils étaient moins douloureux qu'effrayants, et faisaient plus souffrir l'esprit que le corps dont ils semblaient annoncer la destruction. Je songeai donc sérieusement au but de mon voyage. J'allai consulter les praticiens les plus illustres, surtout M. Fizes, et pour surabondance de précaution, je me mis en pension chez un médecin. C'était un Irlandais appelé Fitz-Moris, qui tenait une table assez nombreuse d'étudiants en médecine, et il y avait cela de commode pour un malade à s'y mettre, que M. Fitz-Moris se contentait d'une pension honnête pour la nourriture, et ne prenait rien de ses pensionnaires pour ses soins comme médecin. Il se chargea de l'exécution des ordonnances de M. Fizes, et de veiller sur ma santé. Il s'acquitta fort bien de cet emploi quant au régime; on ne gagnait pas d'indigestions à cette pension-là, et quoique je ne sois pas fort sensible aux privations de cette espèce, les objets de comparaison étaient si proches, que je ne pouvais m'empêcher de trouver quelquefois en moi-même que M*** était un meilleur pourvoyeur que M. Fitz-Moris. Cependant, comme on ne mourait pas de faim non plus, et que cette jeunesse était fort gaie, cette manière de vivre me fit du bien réellement, et m'empêcha de retom-

ber dans mes langueurs. Je passais la matinée à
prendre des drogues, surtout je ne sais quelles
eaux, je crois les eaux de Vals, et à écrire à
Madame N***, car la correspondance allait son
train, et Rousseau se chargeait de retirer les let-
tres de son ami Dudding. A midi j'allais faire un
tour à la Canourgue avec quelqu'un de nós jeunes commensaux, qui tous étaient de très-bons
enfants ; on se rassemblait, on allait dîner. Après
dîné, une importante affaire occupait la plupart
d'entre nous jusqu'au soir : c'était d'aller hors
de la ville jouer le goûté en deux ou trois parties de mail. Je ne jouais pas, je n'en avais ni
la force ni l'adresse, mais je pariais, et suivant,
avec l'intérêt du pari, nos joueurs et leurs boules à travers des chemins raboteux et pleins de
pierres, je faisais un exercice agréable et salutaire qui me convenait tout-à-fait. On goûtait
dans un cabaret hors la ville. Je n'ai pas besoin
de dire que ces goûtés étaient fort gais, mais
j'ajouterai qu'ils étaient assez décents. M. Fitz-
Moris, grand joueur de mail, était notre président, et je puis dire, malgré la mauvaise réputation des étudiants, que je trouvai plus de
mœurs et d'honnêteté parmi toute cette jeunesse,
qu'il ne serait aisé d'en trouver dans le même
nombre d'hommes faits. Il y avait parmi ces
étudiants plusieurs Irlandais, avec lesquels je
tâchais d'apprendre quelques mots d'anglais,

par précaution pour le ***, car le temps approchait de m'y rendre. Madame N*** m'en pressait chaque ordinaire, et je me préparais à lui obéir. Il était clair que mes médecins qui n'avaient rien compris à mon mal, me regardaient comme un malade imaginaire, et me traitaient sur ce pied, avec leur squine, leurs eaux et leur petit-lait. Tout au contraire des théologiens, les médecins et les philosophes n'admettent pour vrai que ce qu'ils peuvent expliquer et font de leur intelligence la mesure des possibles. Ces messieurs ne connaissaient rien à mon mal, donc je n'étais pas malade ; car comment supposer que des docteurs ne sussent pas tout ? Je vis qu'ils ne cherchaient qu'à m'amuser, et à me faire manger mon argent ; je quittai Montpellier. Je partis à la fin de novembre, après six semaines ou deux mois de séjour dans cette ville, où je laissai une douzaine de louis sans aucun profit pour ma santé, ni pour mon instruction, si ce n'est un cours d'anatomie commencé sous M. Fitz-Moris, et que je fus obligé d'abandonner par l'horrible puanteur des cadavres qu'on disséquait, et qu'il me fut impossible de supporter.

LES BORDS DE LA LOIRE

PAR ALFRED DE VIGNY

Connaissez-vous cette partie de la France que l'on a surnommée son jardin ? ce pays où l'on respire un air pur dans des plaines verdoyantes arrosées par un grand fleuve ? Si vous avez traversé dans les mois d'été la belle Touraine, vous aurez longtemps suivi, avec enchantement, la Loire paisible, vous aurez regretté de ne pouvoir déterminer entre les deux rives celle où vous choisiriez votre demeure. Lorsqu'on accompagne le flot jaune et lent du beau fleuve, on ne cesse de perdre ses regards dans les riants détails de la rive droite. Des vallons peuplés de jolies maisons blanches qu'entourent des bosquets, des côteaux jaunis par les vignes ou blanchis par les fleurs du cerisier, de vieux murs couverts de chèvre-feuilles naissants, des jardins de roses d'où sort tout à coup une tour élancée, tout rappelle la fécondité de la terre ou l'ancienneté de ses monuments, et tout intéresse dans les œuvres de ses habitants industrieux. Rien ne leur est inutile; il semble que, dans leur amour d'une aussi belle patrie, seule province de France que n'occupa jamais l'étranger, ils n'aient pas voulu perdre le moindre espace de son terrain, le plus léger grain de son sable. Vous croyez que cette vieille tour démolie n'est habitée que par les oiseaux hideux de la nuit? Non, au bruit de vos chevaux, la tête d'une riante jeune fille sort du lierre poudreux blanchi sous la poussière de la grande route; si vous gravissez un coteau hérissé de raisins, une petite fumée vous avertit tout à coup qu'une cheminée est à vos pieds; c'est que le rocher même est habité, des familles de vignerons respirent dans ses profonds souterrains, abritées dans la nuit par la terre nourricière qu'elles cultivent laborieusement durant le jour ; l'encens de leur foyer semble retourner à cette mère qui l'alimente. Les bons Tourangeaux sont simples comme leur vie, doux comme l'air qu'ils respirent, et forts comme le sol qu'ils fertilisent...

Mais la rive gauche se montre plus sérieuse dans ses aspects : ici c'est Chambord que l'on aperçoit de loin et qui, avec ses dômes bleus et ses petites coupoles, ressemble à une grande ville de l'Orient; là c'est Chanteloup, suspendant au milieu de l'air son élégante pagode. Après

eux cependant un bâtiment plus simple attire le
voyageur par sa position magnifique et sa masse
imposante ; c'est le château de Chaumont. Construit sur la colline la plus élevée du rivage , il
encadre ce large sommet avec ses hautes murailles et ses énormes tours ; de hauts clochers d'art
doise les élèvent aux yeux et donnent à tou-
l'édifice cet air de couvent , cette forme reli-
gieuse de tous les vieux châteaux , qui impri-
ment un caractère plus grave aux paysages de
la plupart de nos provinces.

UN PAYSAGE DU BERRY

PAR GEORGE SAND

La partie du sud-est du Berry renferme quelques lieues d'un pays singulièrement pittoresque. La grande route qui le traverse dans la direction de Paris à Clermont étant bordée des terres les plus habitées, il est difficile au voyageur de soupçonner la beauté des sites qui l'avoisinent. Mais à celui qui, cherchant l'ombre et le silence, s'enfoncerait dans un de ces chemins tortueux et encaissés qui débouchent sur la route à chaque instant, bientôt se révèleraient de frais et calmes paysages, des prairies d'un vert tendre, des ruisseaux mélancoliques et silencieux, des massifs d'aunes et de frênes, toute une nature suave, naïve et pastorale. En vain chercherait-il, dans le rayon de plusieurs lieues, une maison d'ardoises et de moellons. A peine une mince fumée bleue, venant à trembloter derrière le feuillage, lui annoncerait le voisi

nage d'un toit de chaume , et , s'il apercevait ,
derrière les noyers de la colline , la flèche d'une
petite église , au bout de quelques pas il décou-
vrirait un campanile de tuiles rougées par la
mousse, douze maisonnettes éparses entourées
de leurs vergers et de leurs chènevières ; un
ruisseau avec son pont formé de trois soliveaux,
un cimetière d'un arpent carré , fermé par une
haie vive , quatre ormeaux en quinconce et une
tour ruinée. C'est ce qu'on appelle un bourg
dans le pays...

Rien ne saurait exprimer la fraîcheur et la
grâce de ces petites allées sinueuses qui s'en vont
serpentant avec caprice sous leurs perpétuels
berceaux de feuillage, découvrant à chaque dé-
tour une nouvelle profondeur toujours plus mys-
térieuse et plus verte. Quand le soleil du midi
embrase jusqu'à la tige l'herbe profonde et ser-
rée des prairies ; quand les insectes bruissent
avec force , et que la caille glousse avec amour
dans les sillons, la fraîcheur et le silence semblent se réfugier dans les traînes. Vous y pouvez
marcher une heure sans entendre d'autre bruit
que le vol d'un merle effarouché à votre approche , ou le saut d'une petite grenouille verte et
brillante comme une émeraude , qui dormait
dans son hamac de joncs entrelacés. Ce fossé
lui-même renferme tout un monde d'habitants ,
toute une forêt de végétation , son eau limpide

court sans bruit en s'épurant sur la glaise, et
caresse mollement des bordures de cresson, de
baume et d'hépatiques ; les fontinales, les longues herbes appelées *rubans d'eau*, les mousses
aquatiques pendantes et chevelues tremblent
incessamment dans ces petits remous silencieux ;
la bergeronnette jaune y trotte sur le sable, d'un
air à la fois espiègle et peureux ; la clématite et
le chèvre-feuille l'ombragent de berceaux où le
rossignol cache son nid. Au printemps, ce ne
sont que fleurs et parfums ; à l'automne, les
prunelles violettes couvrent ses rameaux, qui,
en avril, blanchirent les premiers ; la senelle
rouge, dont les grives sont friandes, remplace
la fleur d'aubépine, et les ronces, toutes chargées de flocons de laine qu'y ont laissés les brebis en passant, s'empourprent de petites mûres
sauvages d'une agréable saveur.

VOYAGE

DE

LA CHAPELLE ET BACHAUMONT

—

C'est en vers que je vous écris,
Messieurs les deux frères, nourris
Aussi bien que gens de la ville :
Aussi voit-on plus de perdrix
En dix jours chez vous, qu'en dix mille
Chez les plus friands de Paris.
Vous vous attendez à l'histoire
De ce qui nous est arrivé,
Depuis que, par le long pavé
Qui conduit aux rives de Loire,
Nous partîmes pour aller boire
Les eaux dont je me suis trouvé
Assez mal, pour vous faire croire
Que les destins ont réservé
Ma guérison et cette gloire

Au remède tant éprouvé ;
Et par qui, de fraîche mémoire,
Un de nos amis s'est sauvé
Du bâton à pomme d'ivoire.

Vous ne serez pas frustrés de votre attente, et vous aurez, je vous assure, une assez bonne relation de nos aventures : car M. de Bachaumont, qui m'a surpris comme j'en écrivais une mauvaise, a voulu que nous la fissions ensemble, et j'espère qu'avec l'aide d'un si bon second, elle sera digne de vous être envoyée.

CHAPELLE.

Contre le serment solennel, que nous avions fait M. de la Chapelle et moi, d'être si fort unis dans le voyage, que toutes choses seraient en commun, il n'a pas laissé, par une distinction philosophique, de prétendre en pouvoir séparer ses pensées ; et croyant y gagner, il s'était caché de moi pour vous écrire. Je l'ai surpris sur le fait, et n'ai pu souffrir qu'il eût seul cet avantage : ses vers m'ont paru d'une manière si aisée, que m'étant imaginé qu'il était bien facile d'en faire de même ;

Quoique malade et paresseux,
Je n'ai pu m'empêcher de mettre
Quelques-uns des miens avec eux :
Ainsi le reste de la lettre
Sera l'ouvrage de tous deux.

Bien que nous ne soyons pas tout à fait assurés de quelle façon vous avez traité notre absence ; et si vous méritiez le soin que nous prenons de vous rendre ainsi compte de nos actions, nous ne laissons pas néanmoins de vous envoyer le récit de tout ce qui s'est passé dans notre voyage, si particulier, que vous en serez assurément satisfaits. Nous ne vous ferons pas souvenir de notre sortie de Paris ; car vous en fûtes témoins, et peut-être même que vous trouvâtes étrange de ne voir sur nos visages que des marques d'un médiocre chagrin : il est vrai que nous reçûmes vos embrassements avec assez de fermeté, et nous parûmes sans doute bien philosophes

> Dans les assauts et les alarmes,
> Que donnent les derniers adieux :
> Mais il fallut rendre les armes
> En quittant tout de bon ces lieux,
> Qui pour nous avaient tant de charmes,
> Et ce fut lors, que de nos yeux
> Vous eussiez vu couler des larmes.

Deux petits cerveaux desséchés n'en peuvent pas fournir une grande abondance ; aussi furent-elles en peu de temps essuyées, et nous vîmes le Bourg-la Reine d'un œil sec. Ce fut en ce lieu que nos pleurs cessèrent, et que notre appétit s'aiguisa : mais l'air de la campagne l'avait rendu si grand dès sa naissance, qu'il devint tout à

fait pressant vers Antoni, et presqu'insupportable à Lonjumeau. Il nous fut impossible de passer outre, sans l'apaiser auprès d'une fontaine,
dont l'eau paraissait la plus claire et la plus vive
du monde.

> Là deux perdrix furent tirées
> D'entre les deux croûtes dorées
> D'un bon pain rôti, dont le creux
> Les avait jusque-là serrées,
> Et d'un appétit vigoureux
> Toutes deux furent dévorées,
> Et nous firent mal à tous deux.

Vous ne croirez pas aisément que des estomacs
aussi bons que les nôtres aient eu de la peine à
digérer deux perdrix : voilà pourtant, en vérité,
la chose comme elle est. Nous en fûmes toujours
incommodés jusqu'à Saint-Euverte, où nous
couchâmes deux jours après notre départ, sans
qu'il arrivât rien qui mérite de vous être mandé.
Vous savez le long séjour que nous y fîmes, et
vous savez encore que M. Boyer, dont tous les
jours nous espérions l'arrivée, en fut la cause.
Des gens qu'on oblige d'attendre, et qu'on tient
si longtemps en incertitude, ont apparemment
de méchantes heures ? Mais nous trouvâmes
moyen d'en avoir de bonnes dans la conversation de M. l'Évêque d'Orléans, que nous avions
l'honneur de voir assez souvent, et dont l'entre-

tien est tout à fait agréable. Ceux qui le connaissent vous auront pu dire que c'est un des plus
honnêtes hommes de France , et vous en serez
entièrement persuadés, quand nous vous ap-
prendrons qu'il a

> L'esprit et l'âme d'un d'Elbaine ;
> C'est-à-dire , avec la bonté ,
> La douceur et l'honnêteté
> D'une vertu mâle et romaine ,
> Qu'on respecte en l'antiquité.

Nos matinées se passaient le plus souvent sur
les bords de la Loire , et quelquefois nos après-
dînées, quand la chaleur était plus grande, dans
les routes de la forêt qui s'étend du côté de
Paris. Un jour, pendant la canicule , à l'heure
que le chaud est le plus insupportable , nous
fûmes bien surpris d'y voir arriver une manière
de courrier assez extraordinaire ,

> Qui, sur une mazette outrée,
> Bronchant à tout moment , trottait :
> D'ours sa casaque était fourrée
> Comme le bonnet qu'il portait ;
> Et le cavalier rare était
> Tout couvert de toile cirée ,
> Qui, fondant, partout dégouttait.
> Ainsi l'on peint dans des tableaux
> Un Icare tombant des nues ,
> Où l'on voit dans l'air épandues
> Ses ailes de cire en lambeaux ,

Par l'ardeur du soleil fondues ,
Choir autour de lui dans les eaux.

La comparaison d'un homme qui tombe des nues , avec un qui court la poste , vous paraîtra peut-être bien hardie , mais si vous aviez vu le tableau d'un Icare , que nous trouvâmes quelquesjours après dans une hôtellerie , cette vision vous serait venue comme à nous , ou , tout au moins , vous semblerait excusable. Enfin , de quelque façon que vous la receviez , elle ne vous saurait paraître plus bizarre que le fut à nos yeux la figure de ce cavalier , qui était par hasard notre ami d'Aubeville. Quoique notre joie fût extrême dans ce rencontre , nous n'osâmes pourtant pas nous hasarder de l'embrasser en l'état qu'il était ; mais sitôt

Qu'au logis il fut retiré ,
Débotté , frotté , déciré ,
Et qu'il nous parut délassé ,
Il fut , comme il faut , embrassé.

Nous écrivîmes en ce temps-là , comme après avoir attendu l'homme , que vous savez , inutilement , nous résolûmes enfin de partir sans lui. Il fallut avoir recours à Blavet pour notre voiture , n'en pouvant trouver de commodes à Orléans. Le jour qu'il nous devait arriver un carrosse de Paris , nous reçûmes une lettre de

M. Boyer, par laquelle il nous assurait qu'il
viendrait dedans, et que ce soir-là nous soupe-
rions ensemble. Après donc avoir donné les ordres nécessaires pour le recevoir, nous allâmes
au devant de lui. A cent pas des portes parut,
le long des grands chemins, une manière de
coche fort délabré, tiré par quatre vilains chevaux, et conduit par un vrai cocher de louage.

Un équipage en si mauvais ordre ne pouvait
être que ce que nous cherchions, et nous en
fûmes bientôt assurés, quand deux personnes
qui étaient dedans, ayant reconnu nos livrées,
firent arrêter :

> Et lors sortit avec grands cris
> Un béquillard d'une portière,
> Fort basané, sec et tout gris,
> Béquillant de même manière
> Que Boyer béquille à Paris.

A cette démarche, qui n'eût cru voir M. Boyer ?
et cependant c'était le petit duc avec M. Potel.
Ils s'étaient tous deux servis de la commodité de
ce carosse, l'un pour aller à la maison de M. son
frère, auprès de Tours, et l'autre, à quelques
affaires qui l'appelaient dans le pays. Après
les civilités ordinaires, nous retournâmes tous
ensemble à la ville, où nous lûmes une lettre
d'excuse, qu'ils apportaient de la part de M.
Boyer, et cette fâcheuse nouvelle nous fut depuis

confirmée par ces messieurs. Ils nous assurèrent
que, nonobstant la fièvre qui l'avait pris malheureusement cette nuit-là, il n'eût pas laissé de
partir avec eux, comme il l'avait promis, si son
médecin, qui se trouva chez lui, par hasard,
à quatre heures du matin, ne l'eu eût empêché.
Nous crûmes, sans beaucoup de peine, que,
puisqu'il ne venait pas après tant de sermens,
il était assurément

> Fort malade, et presqu'aux abois ;
> Car on peut, sans qu'on le cajole,
> Dire, pour la première fois,
> Qu'il aurait manqué de parole.

Il fallut donc se résoudre à marcher sans
M. Boyer. Nous en fûmes d'abord un peu fâchés,
mais, avec sa permission, en peu de temps con-
solés. Le souper préparé pour lui, servit à réga-
ter ceux qui vinrent à sa place, et le lendemain,
tous ensemble, nous allâmes coucher à Blois.
Durant le chemin, la conversation fut un peu
goguenarde ; aussi étions-nous avec des gens de
bonne compagnie. Étant arrivés, nous ne son-
geâmes d'abord qu'à chercher M. Colomb. Après
une si longue absence, chacun mourait d'envie
de le voir : il était dans une hôtellerie avec
M. le président le Bailleul, faisant si bien l'honneur de la ville, qu'à peine nous put-il donner
un moment pour l'embrasser ; mais le lende-

main, à notre aise, nous renouvellâmes une amitié qui, par le peu de commerce que nous avions eu depuis trois années, semblait avoir été interrompue. Après mille questions faites toutes ensemble, comme il arrive ordinairement dans une entrevue de fort bons amis, qui ne se sont pas vus depuis longtemps, nous eûmes, quoiqu'avec un extrême regret, la curiosité d'apprendre de lui, comme de la personne la plus instruite, et que nous savons avoir été le seul témoin de tout le particulier,

Ce que fit en mourant notre pauvre ami Blot,
Et ses moindres discours, et sa moindre pensée.
La douleur nous défend d'en dire plus d'un mot :
Il fit tout ce qu'il fit d'une âme bien sensée.

Enfin, ayant causé de beaucoup d'autres choses, qu'il serait trop long de vous dire, nous allâmes ensemble faire la révérence à son altesse royale, et de-là dîner chez lui, avec M. et Mme la présidente le Bailleul.

Là, d'une obligeante manière,
D'un visage ouvert et riant,
Il nous fit bonne et grande chère,
Nous donnant, à son ordinaire,
Tout ce que Blois a de friand.

Son couvert était le plus propre du monde : il ne souffrait pas sur la nappe une seule miette

de pain. Des verres bien rincés de toutes sortes
de figures, brillaient sans nombre sur son buf-
fet, et la glace était tout autour en abondance.

> En ce lieu seul nous bûmes frais ;
> Car il a trouvé des merveilles
> Sur la glace et sur les banquets,
> Et pour empêcher les bouteilles
> D'être à la merci des laquais.

Sa salle était préparée pour le ballet du soir ;
toutes les belles de la ville priées ; tous les vio-
lons de la province rassemblés ; et tout cela se
faisait pour divertir Mme le Bailleul :

> Et cette belle présidente
> Nous parut si bien ce jour-là,
> Qu'elle en devait être contente.
> Assurément elle effaça
> Tant de beautés qu'à Blois on vante.

Ni la bonne compagnie, ni les divertissements qui se préparaient, ne purent nous empêcher de partir incontinent après le dîner.
Amboise devait être notre couchée ; et comme il
était déjà tard, nous n'eûmes que le temps qu'il
fallait pour y pouvoir arriver. La soirée s'y passa
fort mélancoliquement dans le déplaisir de n'a-
voir plus à voyager sur la levée et sur la vue de
cette agréable rivière,

4.

> Qui, par le milieu de la France,
> Entre les plus heureux côteaux,
> Laisse en paix répandre ses eaux,
> Et porter partout l'abondance
> Dans cent villes et cent châteaux,
> Qu'elle embellit de sa présence.

Depuis Amboise, jusqu'à Fontallade, nous vous épargnerons la peine de lire les incommodités de quatre méchants gîtes, et à nous le chagrin d'un si fâcheux ressouvenir. Vous saurez seulement que la joie de M. de Lussans ne parut pas petite, de voir arriver chez lui des personnes qu'il aimait si tendrement ; mais, nonobstant la beauté de sa maison, et sa grande chère, il n'aura que les cinq vers que vous avez déjà vus.

> Ni les pays où croît l'encens,
> Ni ceux d'où vient la cassonade,
> Ne sont point pour charmer les sens,
> Ce qu'est l'aimable Fontallade
> Du tendre et commode Lussans.

Il ne se contenta pas de nous avoir si bien reçus chez lui, il voulut encore nous accompagner jusqu'à Blaye. Nous nous détournâmes un peu de notre chemin, pour aller rendre tous ensemble nos devoirs à M. le marquis de Jonsac, son beau-frère. Un compliment de part et d'autre décida la visite, et de toutes les offres qu'il nous fit, nous n'acceptâmes que des perdreaux et du pain tendre. Cette provision nous fut assez nécessaire, comme vous allez voir.

Car entre Blayes et Jonsac,
On ne trouva que Croupignac.
Le Croupignac est très-funeste ;
Car le Croupignac est un lieu
Où six mourants fesaient le reste
De cinq ou six cents que la peste
Avait envoyé devant Dieu ;
Et ces six mourants s'étaient mis
Tous six dans un même logis.
Un septième, soi-disant prêtre,
Plus pestiféré que les six,
Les confessait par la fenêtre,
De peur, disait-il d'être pris
D'un mal si fâcheux et si traître.

Ce lieu si dangereux et si misérable fut traversé brusquement, et n'espérant pas trouver de village, il fallut se résoudre à manger sur l'herbe, où les perdreaux et le pain tendre de M. de Jonsac furent d'un grand secours. Ensuite d'un repas si cavalier, continuant notre chemin, nous arrivâmes à Blaye ; mais si tard, et le lendemain nous en partîmes si matin, qu'il nous fut impossible d'en remarquer la situation qu'avec la clarté des étoiles : le montant, qui commençait de très-bonne heure, nous obligeait à cette diligence. Après donc avoir dit mille

adieux à Lussans, et reçu mille baisers de lui,
nous nous embarquâmes dans une petite chaloupe, et voguâmes longtemps avant le jour :

> Mais sitôt que, par son flambeau,
> La lumière nous fut rendue,
> Rien ne s'offrait à notre vue
> Que le ciel et notre bateau,
> Tout seul dans la vaste étendue
> D'une affreuse campagne d'eau.

La Garonne est effectivement si large, depuis
qu'au bec des Landes d'Ambesse elle est jointe
avec la Dordogne, qu'elle ressemble tout-à-fait
à la mer ; et ses marées montent, avec tant d'im-
pétuosité, qu'en moins de quatre heures nous
fîmes le trajet ordinaire,

> Et vîmes au milieu des eaux,
> Devant nous paraître Bordeaux,
> Dont le port en croissant resserre
> Plus de barques et de vaisseaux
> Qu'aucun autre port de la terre.

Sans mentir, la rivière était alors si couverte,
que notre felouque eut bien de la peine à trouver
une place pour aborder. La foire, qui se devait
tenir dans peu de jours, avait attiré cette grande
quantité de navires, et de marchands quasi de
toutes sortes de nations, pour charger les vins
de ce pays ;

Car ce fâcheux et rude port ,
En cette saison , a la gloire
De donner tous les ans à boire
Presqu'à tous les peuples du nord.

Ces messieurs emportent de là tous les ans une
effroyable quantité de vins ; mais ils n'emportent pas les meilleurs : on les traite d'Allemands,
et nous apprîmes qu'il était défendu non-seu-
lement de leur en vendre pour enlever , mais
encore de leur en laisser boire dans les cabarets.
Après être descendu sur la grève , et avoir
admiré quelque temps la situation de cette
ville , nous nous retirâmes au chapeau-rouge ,
où M. Taleman nous vint prendre aussitôt qu'il
sut notre arrivée. Depuis ce moment, nous nous
retirâmes dans notre logis pendant notre séjour
à Bordeaux , pour y coucher. Les journées se
passaient toutes entières , le plus agréablement
du monde, chez M. l'Intendant ; car les plus honnêtes gens de la ville n'ont pas d'autre réduit que
sa maison. Il n'y a pas un homme dans le parle-
ment, qui ne soit ravi d'être de ses amis : il a trouvé même que la plupart étaient ses cousins , et
on le croyait plutôt le premier président de la
province, que l'Intendant. Enfin, il est toujours le
même que vous l'avez vu , hormis que sa dépense est plus grande : mais , pour Mme l'Inten-
dante, nous vous dirons en secret qu'elle est tout
à fait changée.

Quoique sa beauté soit extrême ,
Qu'elle ait toujours ce grand œil bleu ,
Plein de douceur et plein de feu ,
Elle n'est pourtant plus la même ;
Car nous avons appris qu'elle aime ,
Et qu'elle aime bien fort le jeu.

Elle qui ne connaissait pas autrement les cartes, passe maintenant des nuits au lansquenet. Toutes les femmes de la ville sont devenues joueuses pour lui plaire ; elles viennent régulièrement chez elle pour la divertir , et qui veut voir une belle assemblée, n'a qu'à lui rendre visite. Mlle Dupin se trouve là toujours bien à propos pour entretenir ceux qui n'aiment point le jeu. En vérité , sa conversation est si fine et si spirituelle , que ce ne sont pas les plus mal partagés. C'est-là que MM. les Gascons apprennent le bel air et la façon de parler.

Mais cette agréable Dupin ,
Qui, dans sa manière , est unique,
A l'esprit méchant et bien fin ;
Et si jamais Gascon s'en pique ,
Gascon fera mauvaise fin.

Au reste , sans faire ici les goguenards sur Messieurs les Gascons , puisque Gascons y a , nous commencions nous-mêmes à courir quelque risque , et notre retraite un peu précipitée ne fut pas mal à propos. Voyez pourtant quel malheur ; nous nous sauvons de Bordeaux , pour donner deux jours après dans Agen !

> Agen , cette ville fameuse ,
> De tant de belles le séjour ,
> Si fatale et si dangereuse
> Aux cœurs sensibles à l'amour.
> Dès qu'on en approche l'entrée ,
> On doit bien prendre garde à soi ;
> Pour n'y passer qu'une journée ,
> Qui s'y sent , par je ne sais quoi ,
> Arrêté pour plus d'une année.

Un nombre infini de personnes y ont même passé le reste de leur vie, sans en pouvoir sortir. Le fabuleux palais d'Armide ne fut jamais si redoutable. Nous y trouvâmes M. de Saint-Luc arrêté depuis six mois ; Nort , depuis quatre années ; et Dortis, depuis six semaines; et ce fut lui qui nous instruisit de toutes ces choses , et qui voulut absolument nous faire voir les enchanteresses de ce lieu. Il pria donc toutes les belles de la ville à souper ; et tout ce qui se passa dans ce magnifique repas nous fit bien connaître que nous étions dans un pays enchanté. En vérité , ces Dames ont tant de beauté, qu'elles nous surprirent dans leur premier abord ; et tant d'esprit, qu'elles nous gagnèrent dès la première conversation. Il est impossible de les voir et de conserver la liberté ; et c'est la destinée de tous ceux qui passent en ce lieu-là , s'ils ont la permission d'en sortir , d'y laisser au moins leur cœur pour ôtage d'un prompt retour.

> Ainsi donc qu'avaient fait les autres ,
> Il fallut y laisser les nôtres.
> Là , tous deux ils nous furent pris ;
> Mais, n'en déplaise à tant de belles ,
> Ce fut par l'aimable Dortis ;
> Aussi nous traita-t-il mieux qu'elles.

Cela ne se fit assurément que sous leur bon plaisir. Elles ne lui envièrent point cette conquête , et nous jugeant apparemment très infirmes , elles ne daignèrent pas employer le moindre de leurs charmes pour nous retenir. Aussi , le lendemain de grand matin , trouvâmes-nous les portes ouvertes , et les chemins libres ; de sorte que rien ne nous empêcha de gagner Encosse , sur les coureurs que M. de Chamerault nous avait promis, et qui nous attendaient depuis un mois à Agen. C'est de ce véritable ami qu'on peut assurer ,

> Et dire , sans qu'on le cajole ,
> Qu'il sait bien tenir sa parole.

Encosse est un lieu dont nous ne vous entretiendrons guère ; car , excepté ses eaux qui sont admirables pour l'estomac, rien ne s'y rencontre. Il est au pied des Pyrénées, éloigné de tout commerce, et l'on n'y peut avoir d'autre divertissement que celui de voir revenir sa santé. Un petit ruisseau, qui serpente à vingt pas du village, entre des saules et des prés les plus verts qu'on puisse s'imaginer, était toute notre consolation. Nous allions tous les matins prendre nos eaux en ce bel endroit, et les après-dînées nous promener. Un jour que nous étions sur les bords, assis sur l'herbe, et que, nous ressouvenant des hautes marées de la Garonne, dont nous avions la mémoire encore assez fraîche, nous examinions les raisons, que donnent Descartes et Gassendi, du flux et reflux de la mer, sortit tout d'un coup, d'entre les roseaux les plus proches, un homme qui nous avait apparemment écouté : c'était

Un vieillard tout blanc, pâle et sec,
Dont la barbe et la chevelure
Pendaient plus bas que la ceinture.
Ainsi l'on peint Melchisedech ;
Ou plutôt telle est la figure
D'un certain vieux Evêque Grec,
Qui, faisant le salamalec,
Dit à tous la bonne aventure :
Car il portait un chapiteau,
Comme un couvercle de lessive,
Mais d'une grandeur excessive,
Qui lui tenait lieu de chapeau ;
Et ce chapeau, dont les grands bords

Allaient tombant sur ses épaules ,
Était fait de branches de saules ,
Et couvrait presque tout son corps.
Son habit , de couleur verdâtre ,
Était d'un tissu de roseaux ,
Le tout couvert de gros morceaux
D'un cristal épais et bleuâtre.

A cette apparition , la peur nous fit faire deux signes de croix , et trois pas en arrière ; mais la curiosité prévalut sur la crainte ; bien qu'avec quelques petits battements de cœur , d'attendre le vieillard extraordinaire , dont l'abord fut tout à-fait gracieux , et qui nous parla fort civilement de cette sorte :

Messieurs , je ne suis pas surpris
Que , de ma rencontre imprévue ,
Vous ayez un peu l'âme émue :
Mais lorsque vous aurez appris
En quel rang les destins ont mis
Ma naissance à vous inconnue ,
Et le sujet de ma venue,
Vous rassurerez vos esprits.
Je suis le Dieu de ce ruisseau ,
Qui d'une urne jamais tarie
Qui penche au pied de ce côteau ,
Prends le soin dans cette prairie ,
De verser incessamment l'eau
Qui la rend si verte et fleurie.
Depuis huit jours , matin et soir ,
Sans croire me rendre visite :
Ce n'est pas que je ne mérite

Que l'on me rende ce devoir ;
Car, enfin , j'ai cet avantage
Qu'un canal si clair et si net
Est le lieu de mon apanage.
Dans la Gascogne un tel partage
Est bien joli pour un cadet :
Aussi l'avez vous trouvez tel ,
Louant mes bords et ma verdure ,
Ce qui me plait , je vous assure ,
Plus qu'une offrande , ou qu'un autel ,
Et tout à l'heure , je le jure ,
Vous en serez , foi d'immortel ;
Récompensés avec usure.
Dans ce petit vallon champêtre ,
Soyez donc les très-bien venus :
Chacun de vous y sera maître ;
Et puisque vous voulez connaître
Les causes du flux et reflux,
Je vous instruirai là-dessus,
Et vous ferai bientôt paraître
Que les raisonnements cornus
De tout temps, sont les attributs
De la faiblesse de votre être ;
Car tous les dits et les redits
De ces vieux rêveurs de jadis,
Ne sont que contes d'Amadis :
Même dans vos sectes dernières,
Les Descartes, les Gassendis,
Quoiqu'en différentes manières,
Et plus heureux et plus hardis
A fouiller les causes premières,
N'ont jamais traité ces matières
Que comme de vrais étourdis,
Moi, qui sais le fin de ceci,
Comme étant chose qui m'importe ;

Pour vous mon amour est si forte,
Qu'après en avoir éclairci
Votre esprit de si bonne sorte
Qu'il n'en soit jamais en souci,
Je veux que la docte cohorte
Vous en doive le grand merci.

Il nous prit alors tous deux par la main, et nous fit asseoir sur le gazon à ses côtés. Nous nous regardions assez souvent sans rien dire, fort étonnés de nous voir en conversation avec un fleuve : mais, tout d'un coup,

Il se moucha, cracha, toussa ;
Puis en ces mots il commença :
Lorsque l'onde en partage échut
Au frère du grand Dieu qui tonne,
L'avénement à la couronne
De ce nouveau Monarque fut
Publié partout, et fallut
Que chaque Dieu-fleuve en personne,
Allât lui porter son tribut.
Dans ce rencontre, la Garonne,
Entre tous les autres, parut ;
Mais si brusque et si fanfaronne,
Que sa démarche lui déplut ;
Et le puissant Dieu résolut
De châtier cette Gasconne
Par quelque signalé rebut.
De fait, il en fit peu de cas :
Quand elle lui vint rendre hommage,
Il se renfrogna le visage,
Et la traita du haut en bas :

Mais elle, au lieu de l'appaiser,
Ayant pris soin d'apprivoiser,
Avec la puissante Dordogne,
Mille autres fleuves de Gascogne,
Sembla le vouloir offenser :
Lui, d'une orgueilleuse manière,
Comme il a l'humeur fort altière,
Amèrement s'en courrouça,
Et d'une mine froide et fière,
Deux fois si loin la repoussa,
Que cette insolente rivière
Toutes les deux fois rebroussa
Plus de six heures en arrière.
Bien qu'au vrai cette téméraire
Se fût attiré sur les bras
Un peu follement cette affaire,
Les grands fleuves ne crurent pas
Devoir, en un tel embarras,
Se séparer de leur confrère,
Ni l'abandonner ; au contraire,
Ils en murmurèrent tout bas,
Accusant le roi trop sévère :
Mais lui, branlant ses cheveux blancs,
Tout dégouttants de l'onde amère :
Taisez-vous, dit-il, insolents,
Ou vous saurez en peu de temps
Ce que Neptune est en colère.
Sur le champ, au lieu de se taire,
Plus haut encor on murmura.
Le Dieu, lors en furie entra,
Son trident par trois fois serra,
Et trois fois par le Styx jura :
Quoi donc ici l'on osera
Dire hardiment ce qu'on voudra ?

Chaque petit Dieu glosera
Sur ce que Neptune fera ?
Per Dio questo non sara,
Chacun d'eux s'en repentira,
Et pareil traitement aura ;
Car deux fois par jour on verra
Qu'à la source on retournera,
Et deux fois mon courroux fuira ;
Mais plus loin que pas un ira
Celui qui, pour son malheur, a
Causé tout ce désordre là ;
Et cet exemple durera
Tant que Neptune régnera.
A ce Dieu du moite élément,
Ces rebelles lors se soumirent,
Et, quoique grondants, obéirent
Par force à ce commandement.
Voilà ce qu'on n'a jamais su,
Et ce que tout le monde admire :
Aussi nous avions résolu,
Pour notre honneur, de n'en rien dire ;
Mais aujourd'hui vous m'avez plu
Si fort que je n'ai jamais pu
M'empêcher de vous en instruire.

Il n'eut pas achevé ces mots, qu'il s'écoula
d'entre nous deux, mais si vite, qu'il était à
plus de vingt pas avant que nous nous en fussions
aperçus. Nous le suivîmes le plus légèrement que
nous pûmes, et voyant qu'il était impossible de
l'attraper, nous lui criâmes plusieurs fois :

Hé ! monsieur le fleuve : arrêtez,
Ne vous en allez pas si vite :

Hè ! de grâce, un mot, écoutez ;
Mais il se remit dans son gîte,

Et rentra dans ces mêmes roseaux dont nous
l'avions vu sortir. Nous allâmes en vain jusqu'à
cet endroit ; car le bon homme était déjà tout
fondu en eau , quand nous arrivâmes , et la voix
n'était plus

Qu'un murmure agréable et doux ;
Mais cet agréable murmure
N'est entendu que des cailloux ;
Il ne put pas l'être de nous,
Et même, sans vous faire injure,
Il ne l'eût pas été de vous.

Après l'avoir appelé plusieurs fois inutilement,
enfin la nuit nous obligea de retourner à notre
logis , où nous fîmes mille réflexions sur cette
aventure. Notre esprit n'était pas entièrement sa-
tisfait de cet éclaircissement , et nous ne pouvions concevoir pourquoi , dans une sédition où
tous les fleuves avaient trempé , il n'y en avait
eu qu'une partie de châtiés. Nous revînmes plusieurs fois en ce même lieu , tant que nous demeurâmes à Encosse , pour y conjurer cet honnête fleuve de nous vouloir donner à ce sujet un
quart d'heure de conversation ; mais il ne parut
plus , et nos eaux étant prises, le temps vint enfin
de s'en aller. Un carrosse, que M. le Sénéchal d'Ar-

magnac avait envoyé, nous mena bien à notre aise
chez lui à Castille, où nous fûmes reçus avec tant
de joie , qu'il était aisé de juger que nos visages
n'étaient pas désagréables au maître de la maison.

> C'est chez cet illustre Fontrailles,
> Où les tourtes, les ortolans,
> Les perdrix rouges et les cailles,
> Et mille autres vols succulens
> Nous firent horreur des mangeailles
> Dont Carbon, et tant de canailles
> Vous affrontent depuis vingt ans.

Vous autres casaniers , qui ne connaissez que
la vallée de misère , et vos rôtisseurs de Paris,
vous ne savez ce que c'est que la bonne chère :
si vous vous y connaissez , et si vous l'aimez,
comme vous dites ,

> Soyez donc assez braves gens
> Pour quitter enfin vos murailles ;
> Et si vous êtes de bon sens,
> Allez et courez chez Fontrailles
> Vous gorger de mets excellents.

Vous y serez bien reçus assurément , et vous
le trouverez toujours le même. Sans plus s'embarrasser des affaires du monde, il se divertit à faire
achever sa maison , qui sera parfaitement belle.
Les honnêtes gens de la province en savent fort

bien le chemin ; mais les autres ne l'ont jamais
pu trouver. Après nous y être empiffrés quatre
jours avec M. le Président de Marmiesse, qui
prit la peine de s'y rendre aussitôt qu'il fut averti
de notre arrivée, nous allâmes tous ensemble à
Toulouse descendre chez M. l'Abbé de Beaure-
gard, qui nous attendait, et qui nous donna ces
repas qu'on ne peut faire qu'à Toulouse. Le lendemain, M. le Président de Marmiesse nous
voulut faire voir, dans un dîner, jusques où
peut aller la splendeur et la magnificence, ou
plutôt, avec sa permission, la profusion et la
prodigalité. Le festin du Menteur n'était rien en
comparaison ; et c'est ici qu'il faut redoubler nos
efforts, pour vous en faire une description magnifique.

> Toi, qui présides aux repas,
> O muse, sois-nous favorable !
> Décris avec nous tous les plats
> Qui parurent sur cette table.
>
> Pour notre honneur et pour ta gloire,
> Fais qu'aucun de tous ces grands mets
> Ne s'échappe à notre mémoire,
> Et fais qu'on en parle à jamais.
>
> Mais comme notre esprit s'abuse
> De s'imaginer qu'aux festins
> Puisse présider une muse,
> Et qu'elle se connaisse en vins !
>
> Non, non, les doctes demoiselles
> N'eurent jamais un bon morceau,

5.

Et ces vieilles sempiternelles
Ne burent jamais que de l'eau.

     A qui donc adresser ses vœux ?
En des occasions pareilles,
Est-ce à vous, Bacchus, roi des treilles ;
A vous, dieu des mets savoureux ?

     Mais pour rimer, Bacchus et Côme
Sont des dieux de peu de secours,
Et jamais, de mémoire d'homme,
On ne leur fit pareil discours.

Tout nous manque au besoin, et de notre chef nous n'oserions entreprendre une si grande affaire. Il faut donc nous contenter de vous dire que jamais on ne vit rien de si splendide ; et nous eussions cru Toulouse, ce lieu si renommé pour la bonne chère, épuisé pour jamais de toute sorte de gibier , si l'un de vos amis et des nôtres ne nous eût encore , le lendemain dans un dîner, fait admirer cette ville , comme un prodige , pour la quantité de belles choses qu'elle fournit. Vous devinerez aisément son nom , quand nous vous dirons

     Que c'est un de ces beaux esprits,
Dont Toulouse fut l'origine ;
C'est le seul Gascon qui n'a pris
Ni l'air, ni l'accent du pays ;
Et l'on jugerait à sa mine
Qu'il n'a jamais quitté Paris.

Enfin, c'est l'agréable M. d'Osneville, dont l'air

et l'esprit n'ont rien que d'un homme qui n'aurait jamais bougé de la cour.

> Vous saurez qu'il est marié
> Environ depuis une année,
> Et qu'il est tout-à-fait lié
> Du sacré lien d'hyménée;
> Lié tout-à-fait, c'est-à-dire,
> Qu'il est lié tout-à-fait bien,
> Et qu'il ne lui manque plus rien,
> Et qu'il a tout ce qu'il désire.
> L'épouse est bien apparentée,
> Et bien apparenté l'époux ;
> Elle est jeune, riche, espritée ;
> Il est jeune, riche, esprit doux.

Avec lui, et dans son carrosse nous quittâmes Toulouse pour aller à Grouille, où M. le comte d'Aubijoux nous reçut fort civilement. Nous le trouvâmes dans un petit palais qu'il a fait bâtir au milieu de ses jardins, entre des fontaines et des bois, et qui n'est composé que de trois chambres, mais bien peintes et tout-à-fait appropriées. Il a destiné ce lieu pour se retirer en particulier avec deux ou trois de ses amis ; ou, quand il est seul, s'entretenir avec ses livres, pour ne pas dire avec sa maîtresse.

> Malgré l'injustice des cours,
> Dans cet agréable hermitage,
> Il coule doucement ses jours,
> Et vit en véritable sage.

De vous dire qu'il tenait une fort bonne table
et bien servie , ce ne serait vous apprendre rien
de noûveau ; mais peut-être serez-vous surpris
de savoir que , faisant si grande chère , il ne
vivait que d'une croûte de pain par jour : aussi
son visage était-il d'un homme mourant. Bien que
son parc fût très-grand, et qu'il eût mille endroits,
tous plus beaux les uns que les autres, pour se
promener, nous passions les journées entières
dans une petite île plantée, et tenue aussi propre
qu'un jardin, et dans laquelle on trouve, comme
par un miracle, une fontaine qui jaillit, et va
mouiller le haut du berceau de grands cyprès qui
l'environnent.

Sous ce berceau qu'amour, exprés
Fit pour toucher quelque inhumaine,
L'un de nous deux, un jour au frais,
Assis près de cette fontaine,
Le cœur percé de mille traits,
D'une main qu'il portait à peine,
Grava ces vers sur un cyprès :
Hélas ! que l'on serait heureux
Dans ce beau lieu digne d'envie,
Si, toujours aimé de Silvie,
L'on pouvait, toujours amoureux,
Avec elle passer la vie !

Vous connaîtrez par-là que dans notre voyage,
nous ne songions pas toujours à faire bonne
chère, et que nous avions quelquefois des mo-

ments assez tendres. Au reste, quoique Grouille
ait tant de charmes, M. d'Aubijoux ne nous put
tenir que trois jours, après lesquels il nous donna
son carrosse pour aller à Chastres prendre
celui de M. de Penautier, qui nous mena chez
lui à Penautier, à une lieue de Carcassonne. Vos
santés y furent bues mille fois avec le cher ami
Belzant, qui ne nous quitta pas un moment. La
comédie fut aussi un de nos divertissements assez
grands, parce que la troupe n'était pas mauvaise,
et qu'on y voyait toutes les dames de Carcassonne. Quand nous en partîmes, M. de Penautier,
qui sans doute est un des plus honnêtes hommes
du monde, voulut absolument que nous prissions
encore son carrosse pour aller à Narbonne, quoiqu'il y eût une grande journée : le temps était si
beau que nous espérions le lendemain, sur nos
chevaux frais, et qui suivaient en main depuis
Encosse, aller coucher près de Montpellier, mais,
par malheur,

Dans cette vilaine Narbonne
Toujours il pleut, toujours il tonne :
Toute la nuit doncques il plut
Et tant d'eau cette nuit il chut,
Que la campagne submergée
Tint deux jours la ville assiégée.

Que cela ne vous surprenne point, quand il
pleut six heures en cette ville, comme c'est tou-

jours par orage, et qu'elle est située dans un fond,
tout environnée de montagnes, en peu de temps
les eaux se ramassent en si grande abondance,
qu'il est impossible d'en sortir sans courir risque
de se noyer. Nous le voulûmes pourtant hasarder ; mais l'accident d'un laquais emporté par une
ravine, et qui, sans doute, était perdu si son
cheval ne l'eût sauvé à la nage, nous fit rentrer
bien vite pour attendre que les passages fussent
libres. Des messieurs que nous trouvâmes se pro-
menant dans la grande place, et qui nous parurent être des principaux du pays, ayant appris
notre aventure, crurent qu'il était de leur honneur de ne pas nous laisser ennuyer. Ils nous
voulurent donc faire voir les raretés de leur
ville, et nous menèrent d'abord dans l'église
cathédrale, qu'ils prétendaient être un chef-
d'œuvre pour la hauteur de ses voûtes ; mais
nous ne saurions pas bien dire au vrai

> Si l'architecte qui la fit ,
> La fit ronde, ovale ou carrée ,
> Et moins encor s'il la bâtit
> Haute , basse, large ou serrée :
> Car , arrivés en ce saint lieu ,
> Nous n'eûmes jamais autre envie
> Que de faire des vœux à Dieu
> De ne le voir de notre vie.
> Ce qu'on y montre encor de rare ,
> Est un vieux et sombre tableau ,

Où l'on voit sortir un Lazare,
A demi-mort, de son tombeau ;
Mais le peintre l'a si bien fait
Pâle, hideux, noir, effroyable,
Qu'il semble bien moins le portrait
Du bon Lazare, que d'un diable.

L'apostrophe est un peu violente, ou l'imprécation un peu forte ; mais nous passâmes dans cette étrange demeure deux journées avec tant de chagrin, qu'elle en est quitte à bon marché. Enfin les eaux s'écoulèrent, et nos chevaux n'en ayant plus que jusques aux sangles, il nous fut permis de sortir. Après avoir marché trois ou quatre lieues dans les plaines toutes noyées, et passé sur de méchantes planches un torrent qui s'était fait, de l'égoût des eaux, large comme une rivière. Béziers, cette ville si propre et si bien située, nous fit voir un pays aussi beau, que celui dont nous partions, était vilain. Le lendemain, ayant traversé les landes de Saint Hubery, et goûté les bons muscats de Loupian, nous vîmes Montpellier se présenter à nous, environné de ces plantades et de ces blanquettes que vous connaissez. Nous y abordâmes à travers mille boules de mail ; car on joue-là le long des chemins à la chicane. Dans la grande rue des parfumeurs, par où l'on entre d'abord, l'on croit être dans la boutique de Martial, et cependant

Bien que de cette belle ville
Viennent les meilleures senteurs ,
Son terroir en muscat fertile
Ne lui produit jamais de fleurs.

Cette rue si parfumée conduit dans une grande
place, où sont les meilleures hôtelleries. Mais
nous fûmes bientôt épouvantés ,

De rencontrer en cette place
Un grand concours de populace ;
Chacun y nommait d'Assouci.
Il sera brûlé , Dieu merci ,
Disait une vieille bagasse :
Dieu veuille qu'autant on en fasse
A tous ceux qui vivent ainsi !

Nous gagnâmes avec bien de la peine notre
logis, où nous apprîmes en arrivant qu'un homme de condition avait fait sauver le malheureux ;
et quelque temps après, on nous vint dire que
toute la ville était en rumeur, que les femmes y
faisaient une sédition, et qu'elles avaient déjà
déchiré deux ou trois personnes, pour être seulement soupçonnées de connaître d'Assouci. Cela
nous fit une très-grande frayeur, en vérité,

Et de peur d'être pris aussi
Pour amis du sieur d'Assouci ,
Ce fut à nous de faire Gille :
Nous fûmes donc assez prudents

Pour quitter d'abord cette ville ,
Et cela fut d'assez bon sens.

Nous nous sauvons donc comme des criminels par une porte écartée, et prenons le chemin de Massiliargues, espérant de pouvoir arriver avant la nuit à une demi-lieue de Montpellier. Nous rencontrâmes notre d'Assouci avec un page assez joli, qui le suivait ; en deux mots il nous conta ses disgrâces, aussi n'avions-nous pas le loisir d'écouter un long discours, ni de le faire. Chacun donc s'en alla de son côté, lui fort vîte quoiqu'à pied, et nous assez doucement, à cause que nos chevaux étaient fatigués. Nous arrivâmes avant la nuit chez M. de Cauvisson, qui pensa mourir de rire de notre aventure ; il prit le soin, par sa bonne chère et par ses bons lits, de nous faire bientôt oublier ces fatigues. Nous ne pûmes étant si proches de Nîmes, refuser à notre curiosité, de nous détourner pour aller voir

Ces grands et fameux bâtiments
Du Pont du Gard et des Arènes ,
Qui nous restent pour monuments
Des magnificences romaines :
Ils sont plus entiers et plus sains ,
Que tant d'autres restes si rares,
Échappés aux brutales mains
De ce déluge de barbares
Qui furent fléaux des humains.

Fort satisfaits du Languedoc, nous prîmes assez vîte la route de Provence, par cette grande prairie de Beaucaire, si célèbre pour la foire ; et le même jour nous vîmes de bonne heure

> Paraître sur les bords du Rhône
> Ces murs pleins d'illustres bourgeois,
> Glorieux d'avoir autrefois
> Eu chez eux la cour et le trône
> De trois ou quatre puissants rois.

On y aborde par

> Cette heureuse et fertile plaine
> Qui doit son nom à la vertu
> Du grand et fameux capitaine ;
> Par qui le fier Dunois battu,
> Reconnut la grandeur romaine.

Nous vîmes, pous vous parler un peu moins poétiquement, cette belle et célèbre ville d'Arles qui, par son pont de bateaux nous fit passer de Languedoc en Provence : c'est assurément y entrer par la plus belle porte. La situation admirable de ce lieu y a presque attiré toute la noblesse du pays, et les dames y sont propres, galantes et jolies, mais si couvertes de mouches qu'elles en paraissent un peu coquettes. Nous les vîmes toutes au cours, où nous fûmes, faisant fort bien leur devoir avec quantité de messieurs assez bien.

faits. Le soir on nous pria d'une assemblée, on nous traita plus favorablement encore ; et le lendemain nous en partîmes, et traversâmes avec bien de la peine,

> La vaste et pierreuse campagne ,
> Couverte encor de ces cailloux
> Qu'un prince, revenant d'Espagne ,
> Y fit pleuvoir dans son courroux.

C'est une grande plaine, toute couverte de cailloux effectivement jusques à Salon, petite ville, et qui n'a pas d'autres raretés que le tombeau de Nostradamus. Nous y couchâmes, et nous n'y dormîmes pas un moment, à cause des hauts cris d'une comédienne, qui s'avisa cette nuit d'accoucher, proche de notre chambre, de deux petits comédiens. Un tel vacarme nous fit monter à cheval de bon matin ; et cette diligence servit à nous faire considérer, plus à notre aise, en arrivant à Marseille, cette multitude de maisons qu'ils appellent bastides, dont toute la campagne voisine est couverte. Le grand nombre en est plus surprenant que la beauté ; car elles sont toutes fort petites et fort vilaines. Vous avez tant ouï parler de Marseille, que de vous en entretenir présentement, ce serait répéter les mêmes choses, et peut-être vous ennuyer.

Tout le monde sait que Marseille
Est riche, illustre, et sans pareille
Pour son terroir et pour son port ;
Mais il vous faut parler du fort,
Qui, sans doute, est une merveille.
C'est Notre-Dame de la Garde,
Gouvernement commode et beau,
A qui suffit, pour toute garde,
Un suisse avec sa hallebarde,
Peint sur la porte du château.

Ce fort est sur le sommet d'un rocher presque inaccessible, et si haut élevé, que s'il commandait à tout ce qu'il voit au-dessous de lui, la plupart du genre humain ne vivrait que sous son plaisir.

Aussi voyons-nous que nos rois
En connaissent bien l'importance :
Pour le confier, ils font choix
Toujours de gens de conséquence,
De gens pour qui, dans les alarmes,
Le danger aurait eu des charmes,
De gens prêts à tout hasarder,
Qu'on eût vu longtemps commander,
Et dont le poil poudreux eût blanchi sous les armes.

Une description magnifique qu'on a faite autrefois de cette place, nous donna la curiosité de l'aller voir. Nous grimpâmes plus d'une heure avant que d'arriver à l'extrémité de cette montagne, où l'on est bien surpris de ne trouver

qu'une méchante masure tremblante, prête à
tomber au premier vent. Nous frappâmes à la
porte, mais doucement, de peur de la jeter par
terre ; après avoir heurté longtemps, sans entendre même un chien aboyer sur la tour,

> Des gens qui travaillaient là proche,
> Nousdirent : messieurs, là dedans
> On n'entre plus depuis longtemps.
> Le gouverneur de cette roche,
> Retournant en cour par le coche,
> A, depuis environ quinze ans,
> Emporté la clef dans sa poche.

La naïveté de ces bonnes gens nous fit bien
rire, surtout, quand ils nous firent remarquer
un écriteau que nous lûmes avec assez de peine,
car le temps l'avait presque effacé :

> Portion du gouvernement
> A louer tout présentement.

Plus bas, en petits caractères,

> Il faut s'adresser à Paris,
> Ou chez Conrart le secrétaire,
> Ou chez Courbé, l'homme d'affaire
> De tous messieurs les beaux esprits.

Croyant, après cela, n'avoir plus rien de rare
à voir en ce pays, nous le quittâmes sur le champ,

et même avec empressement, pour aller goûter
des muscats à la Ciotat. Nous n'y arrivâmes
pourtant que fort tard, parce que les chemins
sont rudes, et que, passant par Cassis, il est bien
difficile de ne s'y pas arrêter à boire. Vous n'êtes
pas assurément curieux de savoir de la Ciotat,

> Que les marchands et les nochers
> La rendent fort considérable :
> Mais pour le muscat adorable ,
> Qu'un soleil proche et favorable
> Confit dans les brûlants rochers :
> Vous en aurez , frères très-chers ,
> Et du meilleur sur votre table.

Les grandes affaires que nous avions en ce
lieu, furent achevées aussitôt que nous eûmes
acheté le meilleur vin : aussi, le lendemain vers
midi, nous nous acheminâmes vers Toulon. Cette
ville est dans une situation admirable, exposée
au midi, et couverte, du septentrion, par des
montagnes élevées jusqu'aux nues, qui rendent
son port le plus grand et le plus sûr qui soit au
monde. Nous y trouvâmes M. le chevalier Paul,
qui, par sa charge, son mérite et par sa dépense, est le premier et le plus considérable du pays.

> C'est ce Paul , dont l'expérience
> Gourmande la mer et le vent ,
> Dont le bonheur et la vaillance
> Rendent formidable la France
> A tous les peuples du Levant.

Ces vers sont aussi magnifiques que sa mine ;
mais, en vérité, quoiqu'elle ait quelque chose de
sombre, il ne laisse pas d'être commode, doux
et tout-à-fait honnête. Il nous régala dans sa cas-
sine, propre, et si bien entendue, qu'elle semble un petit palais enchanté. Nous n'avions
trouvé jusque-là que des oliviers de médiocre
grandeur, et dans des jardins : l'envie d'en voir
de gros comme des chênes, et dans le milieu des
campagnes, nous fit aller jusques à Hières. Que
ce lieu nous plut ! qu'il est charmant ! et quel
séjour serait-ce que Paris sous un si beau climat !

> Que c'est avec plaisir, qu'aux mois
> Si fâcheux en France et si froids,
> On est contraint de chercher l'ombre
> Des orangers, qu'en mille endroits
> On y voit, sans rang et sans nombre,
> Former des forêts et des bois !
> Là, jamais les plus grands hivers
> N'ont pu leur déclarer la guerre :
> Cet heureux coin de l'univers
> Les a toujours beaux, toujours verts,
> Toujours fleuris en pleine terre.

Qu'ils nous ont donné de mépris pour les
nôtres ; dont les plus conservés et les mieux gardés ne doivent pas être, en comparaison, appel-
lés des orangers ;

> Car ces petits nains contrefaits,
> Toujours tapis entre deux ais,
> Et contraints sous des casemates,
> Ne sont, à bien parler, que vrais
> Et misérables culs de jattes.

Nous ne pouvions terminer notre voyage par un lieu qui nous laissât une idée plus agréable : aussi, dès le moment, ne songeâmes-nous plus qu'à retourner à Paris. Notre dévotion nous fit pourtant détourner un peu, pour aller à la Sainte-Baume. C'est un lieu presqu'inaccessible, et qu'on ne peut voir sans effroi : c'est un antre dans le milieu d'un rocher escarpé de plus de quatre-vingts toises de haut, fait assurément par miracle ; car il est bien aisé de voir que les hommes

> N'y peuvent avoir travaillé,
> Et l'on croit, avec apparence,
> Que les saints esprits ont taillé
> Ce roc, qu'avec tant de constance
> La Sainte a si longtemps mouillé
> Des larmes de sa pénitence ;
> Mais si, d'une adresse admirable,
> L'ange a taillé ce roc divin,
> Le démon cauteleux et fin
> En a fait l'abord effroyable ;
> Sachant bien que le pèlerin
> Se donnerait cent fois au diable
> Et se damnerait en chemin.

Nous y montâmes cependant avec bien de la peine , par une horrible pluie , et , par la grâce de Dieu, sans murmurer un seul mot : mais nous n'y fûmes pas plutôt arrivés, qu'il nous prit une extrême impatience d'en sortir, sans savoir pourquoi. Nous examinâmes donc assez brusquement la bizarrerie de cette demeure , et nous nous instruisîmes, en un moment, des religieux, de leur ordre , de leur coutume, et de leur manière de traiter les passants; car ce sont eux qui les reçoivent, et qui tiennent hôtellerie.

Bien qu'il fût presque nuit, et qu'il fît le plus vilain temps du monde, nous aimâmes mieux hasarder de nous perdre dans les montagnes , que de demeurer à la Sainte-Baume. Les reliques, qui sont à Saint-Maximin, nous portèrent bonheur, et nous y firent arriver avec l'aide d'un guide, sans nous y être égarés, mais non pas sans y être mouillés. Aussi, le lendemain, la matinée s'étant passée tout entière en dévotion, c'est-à-dire, à faire toucher des chapelets à quantité de corps saints, et à mettre d'assez grosses pièces à tous les troncs, nous allâmes nous enivrer d'excellente blanquette de Négreaux, et de-là coucher à Aix. C'est une capitale sans rivière, et dont tous les dehors sont fort désagréables, mais, en récompense, belle et assez bien bâtie , et de bonne chère. Orgon fut ensuite notre couchée. lieu célèbre pour tous les bons vins ; et le jour

d'après, Avignon nous fit admirer la beauté de
ses murailles. Madame de Castellane y était, à
qui nous rendîmes visite aussitôt, le même jour,
qui fut le jour des Morts. Nous la trouvâmes chez
elle en bonne compagnie ; elle n'était pas, comme
les autres veuves, dans les églises à prier Dieu :

> Car bien qu'elle ait l'âme assez tendre
> Pour tout ce qu'elle aurait chéri,
> On aurait peine à la surprendre
> Sur le tombeau de son mari.

Avignon nous avait paru si beau, que nous
voulûmes y demeurer deux jours pour l'examiner plus à loisir. Le soir que nous prenions le
frais sur le bord du Rhône, par un beau clair de
lune, nous rencontrâmes un homme qui se pro-
menait, qui nous semblait avoir de l'air du sieur
d'Assouci. Son manteau, qu'il portait sur le nez,
empêchait qu'on ne le pût bien voir au visage ;
dans cette incertitude, nous prîmes la liberté de
l'accoster et de lui demander :

> Est-ce vous, Monsieur d'Assouci ?
> Oui, c'est moi, Messieurs ; me voici,
> N'ayant plus pour tout équipage,
> Que mes vers, mon luth et mon page.
> Vous me voyez sur le pavé,
> En désordre, mal-propre et sale :
> Aussi je me suis esquivé
> Sans emporter paquet ni malle :

Mais enfin me voilà sauvé ;
Car je suis en terre papale.

Il avait effectivement avec lui le même page que nous lui avions vu, lorsqu'il se sauva de Montpellier, et que l'obscurité nous avait empêché de discerner.

Notre lettre finira par un bel endroit ; quoiqu'elle soit écrite de Lyon. Ce n'est pas que nous n'ayons encore à vous mander des beautés du Pont Saint-Esprit, des bons vins de Condrieux et de Côte-rôtie ; mais en vérité, nous sommes si las d'écrire, que la plume nous tombe des mains outre que nous voulons avoir de quoi vous entretenir, lorsque nous aurons le plaisir de vous revoir. Cependant

Si nous allions tout vous déduire,
Nous n'aurions plus rien à vous dire,
Et vous saurez qu'il est plus doux
De causer, buvant avec vous,
Qu'en voyageant, de vous écrire.
Adieu, les deux frères nourris,
Aussi bien que gens de la ville
Que nous aimons plus que dix mille
Des plus aimables de Paris.

DATE.

De Lyon, où l'on nous a dit
Que le Roi, par un rude édit,

Avait fait défenses expresses,
Expresses défenses à tous
De plus porter chausses suissesses.
Cet édit qui n'est rien pour nous,
Nous réduit en grandes détresses,
Grosses bedaines, grosses fesses,
Par où diable vous mettrez vous ?

ADRESSE.

A Messieurs les aînés Broussins
Chacun enseignera la rue,
Car leur demeure est plus connue
Au Marais, que les Capucins.

VOYAGE AU MONT BLANC

PAR CHATEAUBRIAND

—

PAYSAGE DE MONTAGNES

Rien n'est beau que le vrai, le vrai seul est aimable.

Fin d'août 1805.

J'ai vu beaucoup de montagnes en Europe et en Amérique, et il m'a toujours paru que dans les descriptions de ces grands monuments de la nature, on allait au delà de la vérité. Ma dernière expérience à cet égard ne m'a point fait changer de sentiment. J'ai visité la vallée de Chamouni, devenue célèbre par les travaux de M. de Saussure ; mais je ne sais si le poëte y trouverait le *speciosa deserti* comme le minéralogiste. Quoi qu'il en soit, j'exposerai avec simplicité les réflexions que j'ai faites dans mon voyage : mon opinion d'ailleurs a trop peu d'autorité pour qu'elle puisse choquer personne.

Sorti de Genève par un temps assez nébuleux, j'arrivai à Servoz au moment où le ciel commen-

6.

çait à s'éclaicir. La crête du Mont-Blanc ne se
découvre pas de cet endroit, mais on a vue dis-
tincte de sa croupe *neigée*, appelée le Dôme. On
franchit ensuite le passage des Montées, et l'on
entre dans la vallée de Chamouni. On passe au
dessous du glacier des Bossons ; ses pyramides
se montrent à travers les branches des sapins et
des mélèzes. M. Bourrit a comparé ce glacier,
pour sa blancheur et la coupe allongée de ses
cristaux, à une flotte à la voile ; j'ajouterais, au
milieu d'un golfe bordé de vertes forêts.

Je m'arrêtai au village de Chamouni, et le
lendemain je me rendis au Montanvert. J'y montai par le plus beau jour de l'année. Parvenu à
son sommet, qui n'est qu'une croupe du Mont-
Blanc, je découvris ce qu'on nomme très-impro-
prement la Mer de Glace.

Qu'on se représente une vallée dont le fond est
entièrement couvert par un fleuve. Les montagnes qui forment cette vallée laissent pendre au
dessus de ce fleuve des masses de rochers, les
aiguilles du Dru, du Bochard, des Charmoz.
Dans l'enfoncement, la vallée et le fleuve se divisent en deux branches, dont l'une va aboutir à
une haute montagne, le Col du Géant, et l'autre
aux rochers des Jorasses au bout opposé de
cette vallée de Chamouni. Cette pente presque
verticale est occupée par la portion de la Mer de
Glace qu'on appelle le Glacier des Bois. Suppo-

sez donc un rude hiver survenu ; le fleuve qui
remplit la vallée, ses inflexions et ses pentes, a
été glacé jusqu'au fond de son lit ; les sommets
des monts voisins se sont chargés de neige partout où les plans du granit ont été assez horizon-
taux pour retenir les eaux congelées : voilà la
Mer de Glace et son site. Ce n'est point, comme
on le voit, une mer : c'est un fleuve, c'est si l'on
veut le Rhin glacé : la Mer de Glace sera son
cours, et le Glacier des Bois sa chute à Laufen.

Lorsqu'on est sur la Mer de Glace, la surface,
qui vous en paraissait unie du haut du Montanvert offre une multitude de pointes et d'anfrac-
tuosités. Ces pointes imitent les formes et les
déchirures de la haute enceinte de rocs qui
surplombent de toutes parts : c'est comme le
relief en marbre blanc des montagnes environ-
nantes.

Parlons maintenant des montagnes en général.

Il y a deux manières de les voir : avec les nuages, ou sans les nuages.

Avec les nuages, la scène est plus animée ; mais
alors elle est obscure, et souvent d'une telle
confusion, qu'on peut à peine y distinguer quelques traits.

Les nuages drapent les rochers de mille manières. J'ai vu au dessus de Servoz un piton chauve
et ridé qu'une nue traversait obliquement comme
une toge ; on l'aurait pris pour la statue colos-

sale d'un vieillard romain. Dans un autre endroit on apercevait la pente défrichée de la montagne ; une barrière de nuages arrêtait la vue à la naissance de cette pente, et au dessus de cette barrière s'élevaient de noires ramifications de rochers imitant des gueules de Chimère, des corps de Sphinx, des têtes d'Anubis, diverses formes des monstres et des dieux de l'Égypte.

Quand les nues sont chassées par le vent, les monts semblent fuir derrière ce rideau mobile : ils se cachent et se découvrent tour à tour ; tantôt un bouquet de verdure se montre subitement à l'ouverture d'un nuage comme une île suspendue dans le ciel ; tantôt un rocher se dévoile avec lenteur, et perce peu à peu la vapeur profonde comme un fantôme. Le voyageur attristé n'entend que le bourdonnement du vent dans les pins, le bruit des torrents qui tombent dans les glaciers, par intervalle la chute de l'avalanche, et quelquefois le sifflement de la marmotte effrayée qui a vu l'épervier dans la nue.

Lorsque le ciel est sans nuages et que l'amphithéâtre des monts se déploie tout entier à la vue, un seul accident mérite alors d'être observé: les sommets des montagnes, dans la haute région où ils se dressent, offrent une pureté de lignes, une netteté de plan et de profil que n'ont point les objets de la plaine. Ces cimes anguleuses sous le dôme transparent du ciel, ressemblent à de superbes morceaux d'histoire naturelle, à de beaux arbres de coraux, à des girandoles de stalactite renfermés sous un globe du cristal le plus pur. Le montagnard cherche dans ces découpures élégantes l'image des objets qui lui sont familiers : de là ces roches nommées les *Mulets*, les *Charmoz*, ou les *Chamois* ; de là ces appellations empruntées de la religion, les *sommets des croix*, le *rocher du reposoir*, le *glacier des pèlerins*; dénominations naïves qui prouvent que si l'homme est sans cesse occupé de l'idée de ses besoins, il aime à placer partout le souvenir de ses consolations.

Quant aux arbres des montagnes, je ne parlerai que du pin, du sapin et du mélèze, parce qu'ils font pour ainsi dire l'unique décoration des Alpes.

Le pin a quelque chose de monumental ; ses branches ont le port de la pyramide, et son tronc celui de la colonne. Il imite aussi la forme des rochers où il vit : souvent je l'ai confondu sur les redans et les corniches avancées des montagnes, avec des flèches et des aiguilles élancées ou échevelées comme lui. Au revers du col de Balme, à la descente du glacier de Trient, on rencontre un bois de pins, de sapins et de mélèzes : chaque arbre dans cette famille de géants compte plusieurs siècles. Cette tribu alpine a un roi que les guides ont soin de montrer aux

voyageurs : c'est un sapin qui pourrait servir de
mât au plus grand vaisseau. Le monarque seul
est sans blessure, tandis que tout son peuple autour de lui est mutilé : un arbre a perdu sa
tête, un autre ses bras ; celui-ci a le front sil-
lonné par la foudre, celui-là le pied noirci par
le feu des pâtres. Je remarquai deux jumeaux
sortis du même tronc qui s'élançaient ensemble
dans le ciel : ils étaient égaux en hauteur et en
âge ; mais l'un était plein de vie et l'autre était
desséché.

> Daucia, Laride Thymberque, simillima proles,
> Indiscreta suis, gratusque parentibus error.
> At nunc dura dedit vobis discrimina Pallas.

« Fils jumeaux de Daucus, rejetons semblables,
« ô Laris et Thymber, vos parents mêmes ne
« pouvaient vous distinguer, et vous leur causiez
« de douces méprises ! Mais la *mort* mit entre
« vous une cruelle différence. »

Ajoutons que le pin annonce la solitude et
l'indigence de la montagne. Il est le compagnon
du pauvre Savoyard dont il partage la destinée :
comme lui, il croît et meurt inconnu sur des
sommets inaccessibles où sa postérité se perpé-
tue également ignorée. C'est sur le mélèze que
l'abeille cueille ce miel ferme et savoureux qui
se marie si bien avec la crème et les framboises

du Montanvert. Les bruits du pin, quand ils sont légers, ont été loués par les poëtes bucoliques ; quand ils sont violents, ils ressemblent au mugissement de la mer : vous croyez quelquefois entendre gronder l'Océan au milieu des Alpes-Enfin, l'odeur du pin est aromatique et agréable ; elle a surtout pour moi un charme particulier, parce que je l'ai respirée à plus de vingt lieues en mer sur les côtes de la Virginie ; aussi réveille-t-elle toujours dans mon esprit l'idée de ce Nouveau-Monde qui me fut annoncé par un souffle embaumé, de ce beau ciel, de ces mers brillantes où le parfum des forêts m'était apporté par la brise du matin ; et comme tout s'enchaîne dans nos souvenirs, elle rappelle aussi dans ma mémoire les sentiments de regrets et d'espérance qui m'occupaient, lorsqu'appuyé sur le bord du vaisseau je rêvais à cette patrie que j'avais perdue, et à ces déserts que j'allais trouver.

Mais pour venir enfin à mon sentiment particulier sur les montagnes, je dirai : que comme il n'y a pas de beaux paysages sans un horizon de montagnes, il n'y a point aussi de lieux agréables à habiter ni de satisfaisants pour les yeux et pour le cœur, là où l'on manque d'air et d'espace ; or, c'est ce qui arrive dans l'intérieur des monts. Ces lourdes masses ne sont point en harmonie avec la faculté de l'homme et la faiblesse de ses organes.

On attribue aux paysages des montagnes la sublimité : celle-ci tient sans doute à la grandeur des objets. Mais si l'on prouve que cette grandeur, très-réelle en effet, n'est cependant pas sensible au regard, que devient la sublimité ?

Il en est des monuments de la nature comme de ceux de l'art ; pour jouir de leur beauté, il faut être au véritable point de perspective ; autrement les formes, les couleurs, les proportions, tout disparaît. Dans l'intérieur des montagnes, comme on touche à l'objet même, et comme le champ de l'optique est trop resserré, les dimensions perdent nécessairement leur grandeur : chose si vraie, que l'on est continuellement trompé sur les hauteurs et sur les distances. J'en appelle aux voyageurs : le Mont-Blanc leur a-t-il paru fort élevé du fond de la vallée de Chamouni ? Souvent un petit lac dans les Alpes a l'air d'un petit étang : vous croyez arriver en quelques pas au haut d'une pente que vous êtes trois heures à gravir ; une journée entière vous suffit à peine pour sortir de cette gorge, à l'extrémité de laquelle il vous semblait que vous touchiez de la main. Ainsi cette grandeur des montagnes dont on fait tant de bruit, n'est réelle que par la fatigue qu'elle vous donne. Quant au paysage, il n'est guère plus grand à l'œil qu'un paysage ordinaire.

Mais ces monts qui perdent leur grandeur

apparente, quand ils sont trop rapprochés du spectateur, sont toutefois si gigantesques qu'ils écrasent ce qui pourrait leur servir d'ornement. Ainsi, par des lois contraires, tout se rapetisse à la fois dans les défilés des Alpes, et l'ensemble et les détails. Si la nature avait fait les arbres cent fois plus grands sur les montagnes que dans les plaines ; si les fleuves et les cascades y versaient des eaux cent fois plus abondantes, ces grands bois, ces grandes eaux pourraient produire des effets pleins de majesté sur les flancs élargis de la terre. Ils n'en est pas de la sorte ; le cadre du tableau s'accroît démesurément, et les rivières, les forêts, les villages, les troupeaux gardent les proportions ordinaires : alors il n'y a plus de rapport entre le tout et la partie, entre le théâtre et la décoration. Le plan des montagnes étant vertical, devient une échelle toujours dressée, où l'œil rapporte et compare les objets qu'il embrasse ; et ces objets accusent tour à tour leur petitesse sur cette énorme mesure. Les pins les plus altiers, par exemple, se distinguent à peine dans l'escarpement des vallons où ils paraissent collés comme des flocons de suie. La trace des eaux pluviales est marquée dans ces bois grêles et noirs par de petites rayures jaunes et parallèles ; et les torrents les plus larges, les cataractes les

7

plus élevées ressemblent à de maigres filets d'eau ou à des vapeurs bleuâtres.

Ceux qui ont aperçu des diamants, des topazes, des émeraudes dans les glaciers, sont plus heureux que moi : mon imagination n'a jamais pu découvrir ces trésors. Les neiges du bas du Glacier des Bois, mêlées à la poussière de granit, m'ont paru semblables à de la cendre ; on pourrait prendre la Mer de Glace, dans plusieurs endroits, pour des carrières de chaux et de plâtre ; ses crevasses seules offrent quelques teintes du prisme, et quand les couches de glace sont appuyées sur le roc, elles ressemblent à de gros verre de bouteille.

Ces draperies blanches des Alpes ont d'ailleurs un grand inconvénient ; elles noircissent tout ce qui les environne, et jusqu'au ciel dont elles rembrunissent l'azur. Et ne croyez pas que l'on soit dédommagé de cet effet désagréable par les beaux accidents de la lumière sur les neiges. La couleur dont se peignent les montagnes lointaines est nulle pour le spectateur placé à leurs pieds. La pompe dont le soleil couchant couvre la cime des Alpes de la Savoie n'a lieu que pour l'habitant de Lausanne. Quant au voyageur de la vallée de Chamouni, c'est en vain qu'il attend ce brillant spectacle. Il voit, comme du fond d'un entonnoir au dessus de sa tête, une petite portion d'un ciel bleu et dur, sans couchant et sans aurore ; triste séjour où le soleil jette à peine un regard à midi par dessus une barrière glacée.

Qu'on me permette, pour me faire mieux entendre, d'énoncer une vérité triviale. Il faut une toile pour peindre : dans la nature, le ciel est la toile des paysages ; s'il manque au fond du tableau, tout est confus et sans effet. Or, les monts, quand on en est trop voisin, obstruent la plus grande partie du ciel. Il n'y a pas assez d'air autour de leurs cimes ; ils se font ombre l'un à l'autre, et se prêtent mutuellement les ténèbres qui résident dans quelque enfoncement de leurs rochers. Pour savoir si les paysages des montagnes avaient une supériorité si marquée, il suffisait de consulter les peintres : ils ont toujours jeté les monts dans les lointains, en ouvrant à l'œil un passage sur les bois et sur les plaines.

Un seul accident laisse aux sites des montagnes leur majesté naturelle : c'est le clair de lune. Le propre de ce demi-jour sans reflets et d'une seule teinte est d'agrandir les objets en isolant les masses, et en faisant disparaître cette gradation de couleurs qui lie ensemble les parties d'un tableau. Alors plus les coupes des monuments sont franches et décidées, plus leur dessin a de longueur et de hardiesse, et mieux la blancheur de la lumière profile les lignes de l'ombre. C'est pourquoi la grande architecture romaine, comme les contours des montagnes, est si belle à la clarté de la lune.

Le *grandiose*, et par conséquent l'espèce de sublime qu'il fait naître, disparaît donc dans l'intérieur des montagnes : voyons si le *gracieux* s'y trouve dans un degré plus éminent.

On s'extasie sur les vallées de la Suisse ; mais il faut bien observer qu'on ne les trouve si agréables que par comparaison. Certes, l'œil fatigué d'errer sur des plateaux stériles ou des promontoires couverts d'un lichen rougeâtre, retombe avec grand plaisir sur un peu de verdure et de végétation. Mais en quoi cette verdure consiste-t-elle ? en quelques saules chétifs, en quelques sillons d'orge et d'avoine qui croissent péniblement et mûrissent tard, en quelques arbres sauvageons qui portent des fruits âpres et amers. Si une vigne végète péniblement dans un petit abri tourné au midi, et garantie avec soin du vent du nord, on vous fait admirer cette fécondité extraordinaire. Vous élevez-vous sur les rochers voisins, les grands traits des monts font disparaître la miniature de la vallée. Les cabanes deviennent à peine visibles, et les compartiments cultivés ressemblent à des échantillons d'étoffes sur la carte d'un drapier.

On parle beaucoup des fleurs des montagnes, des violettes que l'on cueille au bord des gla-

ciers, des fraises qui rougissent dans la neige, etc.
Ce sont d'imperceptibles merveilles qui ne produisent aucun effet : l'ornement est trop petit
pour des colosses.

Enfin, je suis bien malheureux, car je n'ai
pu voir dans ces fameux chalets enchantés par
l'imagination de J. J. Rousseau, que de méchantes cabanes remplies du fumier des troupeaux, de l'odeur des fromages et du lait
fermenté ; je n'y ai trouvé pour habitants que
de misérables montagnards qui se regardent
comme en exil, et aspirent à descendre dans
la vallée.

De petits oiseaux muets voletant de glaçons
en glaçons, des couples assez rares de corbeaux
et d'éperviers, animent à peine ces solitudes de
neiges et de pierres, où la chute de la pluie est
presque toujours le seul mouvement qui frappe
vos yeux. Heureux quand le pivert annonçant
l'orage, fait retentir sa voix cassée au fond d'un
vieux bois de sapins ! Et pourtant ce triste signe
de vie rend plus sensible la mort qui vous environne. Les chamois, les bouquetins, les lapins
blancs sont presque entièrement détruits ; les
marmottes mêmes deviennent rares, et le petit
Savoyard est menacé de perdre son trésor. Les
bêtes sauvages ont été remplacées sur les sommets des Alpes, par des troupeaux de vaches
qui regrettent la plaine aussi bien que leurs

maîtres. Couchés dans les herbages du pays de
Caux, ces troupeaux offriraient une scène aussi
belle, et ils auraient en outre le mérite de
rappeler les descriptions des poëtes de l'antiquité.

Il ne reste plus qu'à parler du sentiment qu'on
éprouve dans les montagnes. Eh bien ! ce sentiment, selon moi, est fort pénible. Je ne puis
être heureux là où je vois partout les fatigues
de l'homme, et ses travaux inouïs qu'une terre
ingrate refuse de payer. Le montagnard qui sent
son mal est plus sincère que les voyageurs ; il
appelle la plaine le *bon pays*, et ne prétend
pas que des rochers arrosés de ses sueurs, sans
en être plus fertiles, soient ce qu'il y a de meilleur dans les distributions de la Providence.
S'il est très-attaché à sa montagne, cela tient
aux relations merveilleuses que Dieu a établies
entre nos peines, l'objet qui les cause, et les
lieux où nous les avons éprouvées ; cela tient
aux souvenirs de l'enfance, aux premiers sentiments du cœur, aux douceurs, et même aux
rigueurs de la maison paternelle. Plus solitaire
que les autres hommes, plus sérieux par l'habitude de souffrir, le montagnard appuie davantage sur tous les sentiments de sa vie. Il
ne faut pas attribuer au charme des lieux qu'il
habite l'amour extrême qu'il montre pour son
pays ; cet amour vient de la concentration de

ses pensées, et du peu d'étendue de ses besoins.
Mais les montagnes sont le séjour de la rêve-
rie ? j'en doute ; je doute qu'on puisse rêver
lorsque la promenade est une fatigue ; lorsque
l'attention que vous êtes obligés de donner à
vos pas occupe entièrement votre esprit. L'a-
mateur de la solitude qui *bayerait aux chimères*(*)
en gravissant le Montanvert, pourrait bien
tomber dans quelque puits, comme l'Astrologue
qui prétendait lire au dessus de sa tête et ne
pouvait voir à ses pieds.

Je sais que les poëtes ont désiré les vallées et
les bois pour converser aves les Muses. Mais
écoutons Virgile :

> Rura mihi et rigui placeant in vallibus amnes :
> Flumina amem, sylvasque inglorius.

D'abord il se plairait aux champs, *rura mihi* ;
il chercherait les vallées agréables, riantes,
gracieuses, *vallibus amnes* ; il aimerait les fleuves, *flumina amem* (non pas les torrents), et
les forêts où il vivrait sans gloire, *sylvasque
inglorius.* Ces forêts sont de belles futaies de
chênes, d'ormeaux, de hêtres et non de tristes
bois de sapin ; car il n'eût pas dit :

> Et *ingenti* ramorum protegat *umbra*
> « Et d'un *feuillage épais* ombragera ma tête. »

(*) La Fontaine.

Et où veut-il que cette vallée soit placée ? Dans un lieu où il y aura de beaux souvenirs, des noms harmonieux, des traditions de la fable et de l'histoire :

> . . . . O ubi campi,
> Sperchiusque, et virginibus bacchata lacænis
> Taygeta ! O qui me gelidis in vallibus Hæmi
> Sistat !

> Dieux ! que ne suis-je assis au bord du Sperchius !
> Quand pourrai-je fouler les beaux vallons d'Hémus !
> Oh ! qui me portera sur le riant Taygète !

Il se serait fort peu soucié de la vallée de Chamouni, du glacier de Taconay, de la petite et de la grande Jorasse, de l'aiguille du Dru et du rocher de la Tête-Noire.

Enfin, si nous en croyons Rousseau et ceux qui ont recueilli ses erreurs sans hériter de son éloquence, quand on arrive au sommet des montagnes on se sent transformé en un autre homme. « Sur les hautes montagnes, dit Jean « Jacques, les méditations prennent un carac- « tère grand, sublime, proportionné aux objets « qui nous frappent ; je ne sais quelle volupté « tranquille qui n'a rien d'âcre et de sensuel. Il « semble qu'en s'élevant au dessus du séjour « des hommes, on y laisse tous les sentiments « bas et terrestres... Je doute qu'aucune agita- « tion violente pût tenir contre un pareil séjour « prolongé, etc. »

Plût à Dieu qu'il en fût ainsi ! Qu'il serait doux de pouvoir se délivrer de ses maux en s'élevant à quelques toises au dessus de la plaine ! Malheureusement l'âme de l'homme est indépendante de l'air et des sites ; un cœur chargé de sa peine n'est pas moins pesant sur les hauts lieux que dans les vallées. L'antiquité, qu'il faut toujours citer quand il s'agit de vérité de sentiments, ne pensait pas comme Rousseau sur les montagnes ; elle les représente au contraire comme le séjour de la désolation et de la douleur : si l'amant de Julie oublie ses chagrins parmi les rochers du Valais, l'époux d'Eurydice nourrit ses douleurs sur les monts de la Thrace. Malgré le talent du philosophe genevois, je doute que la voix de Saint-Preux retentisse aussi long temps dans l'avenir que la lyre d'Orphée. OEdipe, ce parfait modèle des calamités royales, cette image accomplie de tous les maux de l'humanité, cherche aussi les sommets déserts :

Il va
. . . . . du Cythéron remontant vers les cieux,
Sur le malheur de l'homme interroger les dieux.

Enfin une autre antiquité plus belle encore et plus sacrée, nous offre les mêmes exemples. L'Écriture, qui connaissait mieux la nature de

7.

l'homme que les faux-sages du siècle, nous montre toujours les grands infortunés, les prophètes, et Jésus-Christ même se retirant au jour de l'affliction sur les hauts lieux. La fille de Jephté, avant de mourir, demande à son père la permission d'aller pleurer sa virginité sur les montagnes de la Judée : *Super montes assumam*, dit Jérémie, *fletum ac lamentum.* « Je m'élèverai sur les montagnes pour pleurer « et gémir. » Ce fut sur le mont des Oliviers que Jésus-Christ but le calice rempli de toutes les douleurs et de toutes les larmes des hommes.

C'est une chose digne d'être observée que dans les pages les plus raisonnables d'un écrivain qui s'était établi le défenseur de la morale, on distingue encore des traces de l'esprit de son siècle. Ce changement supposé de nos dispositions intérieures selon le séjour que nous habitons, tient secrètement au système de matérialisme que Rousseau prétendait combattre. On faisait de l'âme une espèce de plante soumise aux variations de l'air, et qui comme un instrument suivait et marquait le repos ou l'agitation de l'atmosphère. Eh ! comment Jean-Jacques lui-même aurait-il pu croire de bonne foi à cette influence salutaire des hauts lieux ? L'infortuné ne traîna t-il pas sur les montagnes de la Suisse ses passions et ses misères ?

Il n'y a qu'une seule circonstance où il soit

vrai que les montagnes inspirent l'oubli des
troubles de la terre : c'est lorsqu'on se retire
loin du monde, pour se consacrer à la religion.
Un anachorète qui se dévoue aux services de
l'humanité, un saint qui veut méditer les gran-
deurs de Dieu en silence, peuvent trouver la
paix et la joie sur des roches désertes ; mais ce
n'est point alors la tranquillité des lieux qui
passe dans l'âme de ces solitaires, c'est au contraire leur âme qui répand sa sérénité dans la
région des orages.

L'instinct des hommes a toujours été d'adorer
l'Éternel sur les lieux élevés : plus près du ciel
il semble que la prière ait moins d'espace à
franchir pour arriver au trône de Dieu. Il était
resté dans le christianisme des traditions de ce
culte antique : nos montagnes, et à leur défaut,
nos collines étaient chargées de monastères et
de vieilles abbayes. Du milieu d'une ville cor-
rompue, l'homme qui marchait peut-être à des
crimes, ou du moins à des vanités, apercevait
en levant les yeux, des autels sur les côteaux
voisins. La croix déployant au loin l'étendard
de la pauvreté aux yeux du luxe, rappelait le
riche à des idées de souffrance et de commisé-
ration. Nos poëtes connaissaient bien peu leur
art lorsqu'ils se moquaient de ces monts du
Calvaire, de ces missions, de ces retraites qui
retraçaient parmi nous les sites de l'Orient, les

mœurs des solitaires de la Thébaïde, les miracles
d'une religion divine, et le souvenir d'une antiquité qui n'est point effacé par celui d'Homère.

Mais ceci rentre dans un autre ordre d'idées
et de sentiments, et ne tient plus à la question
générale que nous venons d'examiner. Après
avoir fait la critique des montagnes, il est juste
de finir par leur éloge. J'ai déja observé qu'elles
étaient nécessaires à un beau paysage, et qu'elles
devaient former la chaîne dans les derniers plans
d'un tableau. Leurs têtes chenues, leurs flancs
décharnés, leurs membres gigantesques, hideux quand on les contemple de trop près, sont
admirables, lorsqu'au fond d'un horizon vapo-
reux ils s'arrondissent et se colorent dans une
lumière fluide et dorée. Ajoutons, si l'on veut,
que les montagnes sont la source des fleuves,
le dernier asyle de la liberté dans les temps
d'esclavage, une barrière utile contre les inva-
sions et les fléaux de la guerre. Tout ce que je
demande, c'est qu'on ne me force pas d'admirer les longues arêtes de rochers, les fondrières,
les crevasses, les trous, les entortillements des
vallées des Alpes. A cette condition, je dirai
qu'il y a des montagnes que je visiterais encore
avec un plaisir extrême : ce sont celles de la
Grèce et de la Judée. J'aimerais a parcourir les
lieux dont mes nouvelles études me forcent de
m'occuper chaque jour ; j'irais volontiers cher-

cher sur le Thabor ou le Taygète d'autres couleurs et d'autres harmonies, après avoir peint
les monts sans renommée, et les vallées inconnues du Nouveau-Monde. (1)

(1) Cette dernière phrase annonçait le voyage eu Grèce et dans
la Terre Sainte ; voyage que Chateaubriand exécuta en effet l'année
suivante 1806.

VOYAGE

DE

LANGUEDOC ET DE PROVENCE

PAR LE FRANC DE POMPIGNAN

—

PREMIÈRE LETTRE

C'est donc très-sérieusement, Madame, que
vous demandez la relation de notre voyage :
vous la voulez même en prose et en vers. C'est
un marché fait, dites-vous, nous ne saurions
nous en dédire. Il faut bien vous en croire ;
mais croyez aussi que jamais parole ne fut plus
légèrement engagée. Je suis sûr

> Que tout homme sensé rira
> D'une entreprise si fallote ;
> Que personne ne nous lira,
> Ou que celui qui le fera

> A coup sûr très-fort s'ennuiera ,
> Que vers et prose on sifflera :
> Et que, sur cette preuve-là ,
> Le Régiment de la Calotte
> Pour ses voyageurs nous prendra.

Quoiqu'il en puisse arriver, le plus grand malheur serait de vous déplaire. Nous allons vous obéir de notre mieux ; mais gardez-nous au moins le secret : un ouvrage fait pour vous ne doit être mauvais qu'*incognito*.

Comme ce n'est pas ici un poëme épique, nous commencerons modestement par Castelnaudary, et nous n'en dirons rien. Narbonne ayant été le premier objet de notre attention, sera aussi le premier article de notre itinéraire. N'y eût-il que ces anciennes inscriptions qu'a si fort respectées le temps, cette Narbonne méritait un peu plus d'égards que n'en ont eu les deux célèbres Voyageurs. Nous pouvons attester qu'il n'y plut, ni n'y tonna pendant plus de quatre heures, et que jamais le jour ne fut plus serein que lorsque nous en partîmes :

> Mais vu le local enterré
> De la cité primatiale ,
> Nous croyons, tout considéré ,
> Que quand la saison pluviale,
> Au milieu du champ labouré ,
> Ferme la bouche à la cigale ,
> Toutes les eaux ont conjuré

D'environner bon gré, mal gré,
La ville archiépiscopale ;
Ce qui rend ce lieu révéré
Un cloaque beaucoup trop sale ,
De quoi Chapelle a murmuré ,
Mais d'un ton si peu mesuré
Qu'il en résulte un grand scandale,
Au point qu'un prébendier lettré
De l'église collégiale,
Nous dit, d'un air très-assuré ,
Que ce voyage célébré
N'était au fond qu'œuvre de balle,
Et que Narbonne , qu'il ravale ,
Ne l'avait jamais admiré.

Le fait, Madame, est vrai à la lettre ; à telles enseignes, que le docte prébendier se dessaisit en notre faveur, avec une joie extrême, de l'œuvre de ces messieurs qui lui paraissent de très-mauvais plaisants. Ce n'est pas, au reste, le seul plaisir qu'il nous eût fait : ce généreux inconnu nous avait mené au palais archiépiscopal admirer les antiquités qu'on y a recueillies. Par son crédit nous vîmes toute la maison, grande, noble, claire même, en dépit de ce qui la devrait rendre obscure ; mais on a logé un peu trop haut le primat d'Occitanie. Nous avions ensuite suivi notre guide à la Métropole, qui sera une fort bellr église, quand il plaira à Dieu et aux États de faire finir la nef. Quant à ce tableau si déni-gré par l'œuvre susdit, MM. de Narbonne le

regrettent tous les jours, malgré la copie que
M. le Duc d'Orléans leur en laissa libéralement,
mais qu'ils trouvent fort médiocre, quoique le
Lazare y soit peut-être aussi noir que dans l'o-
riginal.

Nous reprîmes notre chemin, et parcourûmes
gaiement les chaussées qui mènent à Béziers.
Cette ville est, pour ses habitans, un lieu céleste,
comme il est aisé d'en juger par un passage latin
d'un de leurs auteurs, dont je vous fais grâce. La
nuit nous ayant surpris avant d'y être arrivés,
nous fûmes tentés d'y coucher;

> Mais sachant par tradition
> Que dans cette agréable ville,
> Pour le fou de chaque saison
> Très-prudemment chaque maison
> A soin d'avoir un domicile;
> Et craignant pour mon compagnon,
> Qui pour moi n'était pas tranquille,
> Nous criâmes au postillon
> Au plus vîte de faire gille.

Ce fut donc à Pézénas que nous allâmes chercher notre gîte. Il était tard quand nous y arrivâmes : les portes étaient fermées. Nous en
fûmes si piqués, que nous ne voulûmes point y
entrer, quand on les ouvrit le lendemain matin,
mais que nous fûmes enchantés des dehors! il n'en
est pas de plus riants, ni de mieux cultivés.

Quoique Pézenas n'ait pas de proverbe latin en sa faveur, au moins que je connaisse, sa situation vaut bien celle de Béziers. La chaussée qui commence après les casernes du Roi , et sur la beauté de laquelle on ne peut trop se récrier, ne dura pas autant que nous aurions voulu. Elle aboutit à une route assez sauvage, qui nous conduisit à Vallemagne, lieu passablement digne de la curiosité des voyageurs.

> Près d'une chaîne de rochers
> S'élève un Monastère antique :
> De son Église très-gothique,
> Deux tours, espèces de clochers ,
> Ornent la façade rustique.

> Les échos, s'il en est dans ce triste séjour,
> D'aucun bruit n'y frappent l'oreille :
> Et leur troupe oisive sommeille
> Dans les cavernes d'alentour.

Dépêche, dis-je à un postillon de quatre-vingts ans, qui changeait nos chevaux ; l'horreur me gagne. Quelle solitude ! c'est la Thébaïde en raccourci. Allons, l'Abbé, ni vous, ni moi ne commerçons avec les anachorètes. Eh ! de par tous les diables, ce sont des Bernardins, s'écria le maître de la poste, que nous ne croyions pas si près de nous.

Nous gagnâmes le Cloître. Croiriez-vous, Madame, qu'un Cloître de Solitaires fût une Grotte

enchantée ? Tel est pourtant celui de l'Abbaye
de Vallemagne : je ne puis mieux le comparer
qu'à une décoration d'Opéra. Il y a sur-tout une
fontaine qui mériterait le pinceau de l'Arioste :

> Sur sept colonnes, des feuillages
> Entrelacés dans des berceaux,
> Forment un dôme de rameaux
> Dont les délicieux ombrages
> Font goûter dans des lieux si beaux
> Le frais des plus sombres bocages.
> Sous cette voûte de cerceaux,
> La plus heureuse des Naïades
> Répand le cristal de ses eaux
> Par deux différentes cascades.

Prenons congé de notre délicieuse fontaine,
elle nous a mené un peu loin.

> O Fontaine de Vallemagne !
> Flots sans cesse renouvelés ;
> La plus agréable campagne
> Ne vaut pas vos bords isolés.

Il n'y avait plus qu'une poste pour arriver à
Loupian, lieu célèbre par ses vins, dont nos devanciers voulurent se mettre à portée de juger ;
leurs imitateurs, en ce point seul, nous nous
y arrêtâmes ; mais l'année, nous dit-on, n'avait
pas été bonne. L'hôtesse entreprit de nous dé-

dommager avec des huîtres, d'un goût inférieur
à celles de l'Océan.

Remontés en chaise, nous nous livrions à l'admiration que nous causait la beauté du pays.

Nous commencions alors à cotoyer l'étang de
Thau, qui se débouche dans le golfe de Lyon
par le port de Cette, et par le passage de Ma-
guelonne. Il fallut descendre en faveur de mon
compagnon, qui voyait pour la première fois,
les campagnes d'Amphitrite, et qui voulait contempler à son aise

Ce vaste amas de flots, ce superbe élément,
De l'aveugle fortune image naturelle,
Comme elle séduisant, et perfide comme elle :
Asile des forfaits, noir séjour des hasards,
Théâtre dangereux du commerce et de Mars,
Des plus rares trésors source avare et féconde,
Et l'empire commun de tous les rois du monde.

Nous arrivâmes enfin à Montpellier. Cette ville
n'aura rien de nous aujourd'hui, Madame ; et
vous vous passerez bien de savoir, qu'après nous
être faits d'abord conduire au Jardin Royal des
Plantes, qui pourrait être mieux entretenu, et
avoir parcouru légèrement, au retour, tout ce
que l'on est dans l'usage de montrer aux étrangers, nous vînmes avec empressement chercher
un excellent souper, auquels nous étions pré-

parés par le repas frugal que nous avions fait
à Loupian.

La matinée du lendemain fut employée à visiter la Mosson et la Vérune. Les eaux et les promenades de celle-ci, ne méritent guère moins
de curiosité que la magnificence de la première
où il y a des beautés royales ; mais où , sans
être difficile à l'excès. on peut trouver quelques
défauts, auxquels à la vérité le seigneur châte-
lain est en état de remédier.

Nous nous hâtâmes après cela de gagner
Lunel, où nous fumes accueillis par M. de la...
Major du régiment de Duras, qui commandait
dans ce quartier. Il nous donna un aussi bon
souper que s'il nous eût attendu : l'Abbé en
profita médiocrement.

Il quitta cette bonne chère
Pour une dévote action,
Ce fut, je crois, son bréviaire
Qui causa sa désertion.
Notre convive militaire
Partagea mon affliction.
Mais comme en toute occasion
La Providence débonnaire
Compense, d'une main légère ,
Plaisir et tribulation ;
La retraite de mon confrère
Grossit pour moi la portion
D'un vin de Saint Émilion
Qu'à Lunel je n'attendais guère.

Une partie de la nuit se passa joyeusement à table. Nous nous séparâmes de notre hôte à huit heures du matin ; et nous courûmes à Nismes pour y admirer ces ouvrages, si supérieurs aux ouvrages modernes, dignes de la poésie la plus majestueuse ; en un mot les chefs-d'œuvre immortels dont cette cité, autrefois si considérable, a été enrichie par les Romains. Les Arènes s'aperçoivent d'aussi loin que la ville même.

> Monument qui transmet à la postérité
> Et leur magnificence et leur férocité.
> Par des degrés obscurs, sous des voûtes antiques,
> Nous montons avec peine au sommet des portiques.
> Là, nos yeux étonnés promènent leurs regards
> Sur les restes pompeux du faste des Césars.
> Nous contemplons l'enceinte où l'arène souillée
> Par tout le sang humain dont elle fut mouillée,
> Vit tant de fois le peuple ordonner le trépas
> Du combattant vaincu qui lui tendait les bras.
> Quoi ! dis-je, c'est ici, sur cette même pierre,
> Qu'ont épargné les ans, la vengeance et la guerre,
> Que ce sexe si cher au reste des mortels,
> Ornement adoré de ces jeux criminels,
> Venait, d'un front serein et de meurtres avide,
> Savourer à loisir un spectacle homicide !
> C'est dans ce triste lieu qu'une jeune beauté,
> Ne respirant ailleurs qu'amour et volupté,
> Par le geste fatal de sa main renversée
> Déclarait sans pitié sa barbare pensée.

Et conduisait de l'œil le poignard suspendu
Dans le flanc du captif à ses pieds étendu.

Des voyageurs font des réflexions à propos
de tout. J'avoue, Madame, que la tirade est
un peu sérieuse. Je vous en demande pardon.
La vue d'un amphithéâtre romain a réveillé en
en moi des idées tragiques.

Ce serait ici le lieu de vous donner quelque idée des autres antiquités de Nismes. La
Tour-Magne, le Temple de Diane, et la fontaine qui est auprès, ont dans leur ruine même
quelque chose d'auguste ; mais ce qu'on apelle
la *Maison Carrée*, édifice qu'on regarde comme
le monument de toute l'antiquité le mieux conservé, frappe et fixe les yeux des moins connaisseurs.

On trouve à chaque pas des bas-reliefs et des
inscriptions ; les aigles romaines, plus ou moins
entières, se voient partout. Enfin, par je ne sais
quel enchantement, on s'imagine, plus de treize
cents ans après l'expulsion totale des Romains
hors des Gaules, se retrouver avec eux, habiter
encore une de leurs colonies. Nous en séjour-
nâmes plus longtemps à Nismes. Un jour franc
nous suffit à peine pour tout voir et revoir. Ce
temps d'ailleurs, grâces à M. d'A.., ne pouvait être
mieux employé ; il ne nous quitta point ; et l'on
ne saurait rien ajouter à la réception qu'il nous fit.

Or donc, prions la Providence
De placer toujours sur nos pas
Le Languedoc et la Provence,
Et surtout MM. de Duras :
Rencontre douce et gracieuse
Pour les voyageurs leurs amis,
Autant qu'elle serait fâcheuse
Pour les bataillons ennemis !

Il nous restait le Pont du Gard. Notre curiosité, excitée de plus en plus, nous fit quitter le chemin de la poste. Après une infinité de détours tortueux, nous nous trouvâmes sur les bords du Gardon, ayant en perspective le pont, ou plutôt trois ponts l'un sur l'autre.

Pour vous peindre le Pont du Gard
Il nous faudrait employer l'art
Et le jargon d'un architecte :
Mais nous pensons qu'à cet égard,
De notre compte trop bavard
La science vous est suspecte.
Aussi sans courir de hasard,
Notre muse très-circonspecte
Ne fera point de fol écart
Sur ces arches qu'elle respecte,
Qui, sans doute, périront tard.

Ici, Madame, l'admiration épuisée fait place à une surprise mêlée d'effroi. Il nous fallut plusieurs heures pour considérer ce merveilleux ouvrage. Imaginez deux montagnes séparées par une rivière, et réunies par ce triple pont, où la hardiesse le dispute à la solidité. Nous grimpâmes jusque sur l'aqueduc, que nous traversâmes presqu'en rampant d'un bout à l'autre,

> Offrant un culte romanesque
> A ces lieux dérobés aux coups
> De la barbarie arabesque ;
> Et même échappés au courroux
> De ce pourfendeur gigantesque,
> Qui des Romains fut si jaloux,
> Que sa fureur détruisit presque
> Ce que le temps laissait pour nous ;
> Examinant à deux genoux
> Un débris de peinture à fresque,
> Et d'un œil anglais ou tudesque
> Dévorant jusques aux cailloux.

Puis quittant à regret, quoiqu'avec une sorte de confusion, un monument trop propre à nous convaincre de la supériorité sans bornes des Romains, nous poursuivîmes notre route, et ne fûmes plus occupés, après cela, que du plaisir de revoir bientôt un ami fort cher, que nous allions chercher de si loin. Cette idée flatteuse fut le sujet de notre conversation le reste de la journée. Sur le soir, l'approche de Villeneuve fit diversion à notre entretien. Du haut de la montagne d'où nous l'aperçûmes, cette jolie

ville paraît être dans la plaine, quoique sur une
côte fort élevée. La beauté du paysage et la largeur du Rhône forment le point de vue le plus
surprenant et le plus agréable.

C'est ici que du Languedoc
Finit la terre épiscopale ;
A l'autre rive, sur un roc,
Est la citadelle papale,
Que, sous la clef pontificale
Les gens de soutane et de froc
Défendraient fort bien dans un choc,
Avec une ardeur sans égale,
Contre les troupes du Maroc,
La mer leur servant d'intervalle.

Nous passâmes les deux bras du Rhône, et
nous arrivâmes à Avignon, au milieu des cris
de joie, et des acclamations d'un peuple immense.
N'allez pas croire que tout ce tintamarre se fît
pour nous : on célébrait alors dans cette ville
l'exaltation de Benoît XIV ; les fêtes duraient
depuis trois jours. Nous vîmes la dernière,
et sans doute la plus belle.

Nos yeux en furent éblouis :
L'art, la richesse, l'ordonnance,
Avaient épuisé la science
Des décorateurs du pays.

Au milieu d'une grande place,
Douze fagots mal assemblés

D'une nombreuse populace
Excitaient les cris redoublés.
Tout autour cinquante figures,
Qu'on nous dit être des soldats,
Pour faire cesser le fracas,
Vomissaient un torrent d'injures ;
Mais, de peur des égratignures,
Ils criaient et ne bourraient pas.

Alors les canons commencèrent :
Le commandant, vêtu de bleu,
Aux fusiliers qui se troublèrent,
Permit de se remettre un peu.
Puis leurs vieux mousquets ils levèrent ;
Trente-quatre firent faux feu,
Et quatorze, en tirant, crevèrent.
Si personne ne fut tué,
Ou, pour le moins, estropié
Par cette comique décharge,
C'est un miracle, en vérité,
Qui mérite d'être attesté
Mais nous prîmes soudain le large,
Voyant que l'alguazil major
Allait faire tirer encor.

Nous entrâmes en diligence
Au palais de son Excellence
Monseigneur le Vice-Légat.
C'est là que pour Rome il préside,
Et c'est dans sa cour que réside
Toute la pompe du Comtat.
D'abord, ni lanterne ni lampe,
La nuit n'éclaire l'escalier :
Il fallut, pour nous appuyer,
A tâtons, du fer de la rampe,

L'un et l'autre nous étayer.
Après avoir, à l'aventure,
Fait, en montant, plus d'un faux pas,
Nous trouvons une salle obscure,
Où, sur quelques vieux matelas,
Quatre Suisses de Carpentras
Ne buvaient pas l'eau toute pure ;
Mais rien de plus ne pûmes voir.
Un vieux prêtre entr'ouvrant la porte
D'un appartement assez noir,
Dit : Allons, vite que l'on sorte ;
Tout est couché : Messieurs, bon soir.

Notre ambassade ainsi finie,
Nous revînmes à notre hôtel,
Où Dieu sait quelle compagnie
D'une table assez mal servie
Dévora le régal cruel.

La maîtresse, d'ailleurs polie,
Pour nous exprès avait trouvé
Un de ces batteurs de pavé,
Vrais doyens de messagerie,
Sur le front desquels est gravé
Qu'ils ont menti toute leur vie.
Il venait de passer les monts.
Mon bavard, sans qu'on le semonce,
Faisant et demande et réponse,
Parle d'églises, de sermons,
De consistoires, d'audiences,
De prélats, de nonains, d'abbés,
De moines et de sigisbés ;
De miracles et d'indulgences ;
Du Doge et des procurateurs,
Des Francs-Maçons et des Trembleurs,

De l'Opéra, de la Gazette,
De Sixte-Quint, de Tamerlan ;
De Notre-Dame de Lorette,
Du sérail et de Kouli-kan ;
De vers et de géométrie,
D'histoire, de théologie,
De Versailles, de Pétersbourg,
Des Conciles, de la Marine,
Du Conclave, de la Tontine,
Et du siége de Philisbourg.
Il partait pour le Nouveau-Monde,
Mais de fureur je me levai,
Et promptement je me sauvai,
Comme il faisait déjà sa ronde
Dans les plaines du Paraguay.

J'arrive enfin au domicile
Qui, jusqu'au retour du soleil,
Semblait, au moins, pour mon sommeil
M'assurer un commode asile ;
J'y fus aussitôt infecté
Par l'odeur d'un suif empesté,
Reste expirant de la bougie
Dont toute la ville ébaudie
Ornait portail et galerie
En l'honneur de Sa Sainteté.

Je n'en fus pas quitte pour ce vilain parfum :
un nuage de cousins me tint compagnie toute la
nuit ; ce qui me rappela fort désagréablement un
certain voyage d'Horace, dont la relation vaut un
peu mieux que celle-ci.

8.

Cependant l'aurore vermeille
Répand ses feux sur l'horizon.
Je me lève, l'abbé s'éveille,
J'entends le fouet du postillon ;
Ce fut pour moi bruit agréable.
Adieu donc, ville d'Avignon,
Ville pourtant très-respectable,
Si, dans tes murs très-curieux,
Qui va voir faire l'exercice,
Risquait moins sa vie ou ses yeux,
Et qu'un bon ordre de police
Mît tous les conteurs ennuyeux
Dans les prisons du Saint-Office.

Rien de plus beau que l'entrée du Comtat par le Languedoc : rien de plus charmant que la sortie d'Avignon par la Provence.

Des deux côtés d'un chemin comparable à ceux du Languedoc, règnent des canaux qui le traversent en mille endroits. La Durance en fournit une partie : les autres viennent de Vaucluse. Le cristal transparent des uns, l'eau trouble des autres, font démêler aisément la différence de leurs sources. De hauts peupliers, semés sans ordre, y défendent du soleil, dont l'ardeur commence à être extrême. On touche à la province du royaume la plus méridionale. La Durance, qu'on passe à Bompas, nous fît entrer insensiblement en Provence.

D'arides chemins, une chaîne de montagnes, des oliviers pour toute verdure : telle est la route

qui nous conduisit à Aix, grande et belle ville
qui vaut bien un article à part. Nous vous le
réservons, Madame, pour le second volume de
cet ouvrage mémorable.

Ici finira, en attendant, le bavardage du couple d'anciens voyageurs, qu'un second passage
de la Durance fit enfin arriver au terme de leurs
courses, au château de M....

C'est de ce brûlant rivage,
Dont l'ardente aridité
Offre le pin pour bocage,
Un désert pour paysage,
Par les torrents humecté :
Lieux où l'oiseau de carnage
Dispute au hibou sauvage
D'un roc la concavité :
Un chêne détruit par l'âge,
Noir théâtre de la rage
De plus d'un vent redouté,
Où l'époux peu respecté
D'une déesse volage,
Forge par maint alliage
Les traits de la déité,
Qui, d'un sourcil irrité,
Étonne, ébranle, ravage
L'univers épouvanté.
Mais laissons ce radotage
De ce lieu très-peu flatté ;
J'ose vous offrir l'hommage
D'un mortel peu dans l'usage
De trahir la vérité.
Si réunir tout suffrage,

Sans l'avoir sollicité :
Si noblesse sans fierté ,
Agrément sans étalage ,
Raison sans austérité ,
Font un unique assemblage ;
Ces traits , votre heureux partage ,
Honorent l'humilité.
Hélas ! la naïveté
De ce compliment peu sage ,
Doit vous plaire davantage
Qu'un discours plus apprêté ,
Dont le brillant verbiage
Manque de réalité.
Si de ma témérité
J'ai cru cacher le langage
Sous l'auspice accrédité
De l'agréable voyage
Qui, par fameux personnage,
Va vous être présenté,
Pardonnez ce badinage ,
Voyez mon humilité :
De l'éclat d'un faux plumage ,
Je ne fais point vanité ;
La modestie , à mon âge,
N'est commune qualité.

On vous ment sur M.... Madame la comtesse.
L'auteur, très-véridique d'ailleurs , s'est égayé
sur la peinture qu'il fait de lui et de ses états :
il vous donne, pour un désert affreux, un séjour
aussi beau qu'il soit possible d'en trouver dans
un pays de montagnes :

Car nous lisons dans des chroniques,
Qui ne sont pas encor publiques,
Qu'autrefois le bon Roi René,
Dans cet asile fortuné
Faisait des retraites mystiques.

On voit même un canal fort net,
Où, sans tasse ni gobelet,
Ce roi buvait l'eau vive et pure,
Dont la fraîcheur et le murmure
L'endormaient dans un cabinet.

Voilà ce que c'est que ce lieu si fort défiguré par son seigneur. Que ne peut-on vous faire connaître aussi, telle qu'elle est, la dame du château ! Cette entreprise passe nos forces : il est difficile de bien louer ce qui est véritablement louable. Peindre Madame la marquise de M.... c'est peindre la douceur, la raison, les bienséances et la vertu même.

Oh, pour cette fois, taisons-nous !
Dieu vous garde, aimables époux
Que chacun chérit et révère !
De notre long itinéraire
L'ennui retombera sur nous,
S'il n'a le bonheur de vous plaire.

SECONDE LETTRE.

Imaginez trois voyageurs ,
Et qui pourtant ne sont menteurs,
Qu'une voiture délabrée ,
Par deux maigres chevaux tirée ,
Pendant trois jours a fracassés ,
Disloqués , meurtris et versés
Jusqu'à certain lieu plein d'ornières,
Où lesdits chevaux morts de faim ,
Malgré mille coups d'étrivières ,
Se sont arrêtés en chemin,
Nous faisant clairement comprendre
Qu'ils avaient assez voyagé ;
Que de nous ils prenaient congé ,
Et qu'ils nous priaient de descendre.

Jugez donc , après ce cadeau ,
De quel air , sans feu ni manteau,
Par une nuit très-pluvieuse,
Notre troupe, fort peu joyeuse,
Traversant à pied maint côteau ,
Au bout d'une route scabreuse ,
Parvient enfin jusqu'au château,
Peignez-vous , dans cette aventure,
Trois têtes dont la chevelure,
Distillant l'eau de toutes parts,
Imite assez bien la figure
Des scamandres et des saugars.

Voilà , Madame , le portrait au naturel d'un
marquis fort aimable, d'un sénateur qui ne peut
se louer lui-même, parce qu'il tient la plume,
et d'un joli cavalier de Saint-Jean de Jérusalem.

Nous arrivons ; et mon premier soin , dans l'attirail que je viens de vous décrire, est d'obéir à vos ordres. Ma première gazette a eu le bonheur de vous plaire : je vais risquer la seconde, avec l'aide de mes compagnons.

> Demain nos muses reposées,
> Fraîches, vermeilles et frisées ,
> Mettront d'accord harpes et luth ,
> Et vous payeront leur tribut.

Nous voici bien éveillés, quoiqu'il ne soit que midi. L'atelier est prêt : nous commençons sans préambule.

Victimes de notre curiosité, nous partîmes le 15 de ce mois. La description de notre équipage paraît propre à être placée dans un ouvrage fait uniquement pour vous amuser.

> Toi qui crayonnes en pastel ,
> Viens , accours, muse subalterne ;
> Peins-nous partant d'un vieux châtel ,
> Plus fiers que gendarmes de Berne !
> Ton influence me gouverne :
> Père heureux de la baliverne ,
> Prête à ma muse ce vrai sel ,
> Dont tu sus enrichir Miguel ,
> Et priver tout auteur moderne.
>
> Tel qu'en sortant de Toboso ,
> Le sieur de la Triste-Figure ,
> Piquant sans succès sa monture ,
> Malgré les conseils de Sancho ,
> Courut, suivant son vertigo ,

Aux moulins servir de monture :
De même, en piteuse voiture,
Chacun de nous criant, ho, ho,
Bravant et chûte et meurtrissure,
Voulut faire trotter Clio.
Pour moi, trop faible par nature,
J'osai, chétive créature,
Me plaindre autrement qu'*in petto*.
Soit respect de la prélature,
Ou devoir de magistrature,
Nul autre n'osa faire écho.

L'abbé seul perdit l'équilibre :
Mais avant que d'en venir là,
Pour se défendre en homme libre,
Il tendit veine, nerf et fibre ;
Mais sa bête, enfin, l'entraîna.

Nous n'eûmes que la peur de son accident :

Il sut s'en tirer à merveille,
Et troqua son maudit bidet
Contre une bête à longue oreille,
Qui n'est ni lièvre, ni baudet.

Les Espagnols, gens, selon eux, fort sages,
estiment infiniment ce genre de monture, et
l'abbé pourrait certifier qu'ils n'ont pas tort.
Quoi qu'il en soit, l'équipage que je viens de
vous détailler, nous conduisit au château de la
Tour d'Aigues, monument, dit-on, de l'amour
et de la folie.

Le nom seul des deux ouvriers
Ne préviendra pas pour l'ouvrage :

Ce couple n'est pas dans l'usage
De suivre des plans réguliers ;
Et ce serait sottise pure
De les prendre pour nos maçons,
S'il fallait, par leurs actions,
Juger de leur architecture.

Mais ils ont eu le bon sens de choisir un habile architecte pour bâtir la maison de la tour. D'autres vous en feraient une brillante description ; plus d'un voyageur vous parlerait de l'esplanade qui est au-devant de la principale porte, des fossés profonds, revêtus de pierres, et pleins d'eau vive, dont le château est environné ; d'une façade estimée des connaisseurs : enfin, d'une fort belle tour carrée, qui s'élève au-dessus de deux grands corps de logis, et qu'on assure avoir été construite par les Romains.

Ma muse, en rimes relevées,
Pourrait vous tracer dans ses vers,
Des bosquets bravant les hivers
Sur des voûtes fort élevées :
Tels qu'aux dépens de ses sujets,
Jadis une reine amazone
En fit planter à Babylone,
Sur le faîte de son palais.

Laissons ce détail à deux peintres d'architecture et de paysages, ou à des faiseurs de romans : mais vous ne serez peut-être pas fâché

9

de savoir à qui la Provence est redevable de ce bâtiment, qui fait une des curiosités de cette province : c'est au baron de Sental. Ce gentilhomme l'avait destiné pour être l'habitation d'une princesse, dont les aventures ne sont pas ignorées, de la Reine de Navarre, première femme d'Henri IV.

On trouve en mille endroits du château les chiffres de la Reine et du baron, accompagnés de trois mots latins que je vais vous citer en original, pour faire parade d'érudition : *Satiabor cùm apparuerit.* Si j'osais vous traduire ce latin, vous avoueriez, Madame, qu'il dit beaucoup en peu de paroles.

> Au demeurant, la gentille princesse
> Ne vit jamais ce lieu si beau ;
> Et le baron, qui l'attendait sans cesse,
> En fut pour les frais du château.

En quittant la tour, nous prîmes une route qui nous conduisit dans un pays assez bizarre pour exercer le pinceau d'un voyageur. Au sortir d'un précipice, où nous courûmes une espèce de danger, nous entrâmes dans un chemin resserré entre deux montagnes escarpées. Ce défilé s'élargit dans quelques endroits, et devient alors aussi agréable que le vallon le mieux cultivé. On découvre de temps en temps, à travers

les ouvertures du rocher, des emplacements
qui ressemblent assez à de grandes cours de
vieux châteaux, entourées de hautes murailles.

> Du temps des Chèvre-pieds cornus,
> Les Sylvains, les Faunes velus
> Habitaient ce réduit sauvage.
> C'est-là qu'au jour du carnaval,
> Silène et Pan donnaient le bal
> Aux Dryades du voisinage.

Ce lieu n'est plus aussi profane : des mission-
naires zélés y ont fait graver de toutes parts,
sur les arbres et sur les pierres, des passages
tirés de l'Écriture, et de petites sentences propres à édifier les passants.

Nous nous trouvâmes le soir aux portes d'Apt.
Saviez-vous, Madame, qu'il y eût une ville d'Apt?
et savez-vous ce que c'est que la ville d'Apt?
Nous serions fort embarrassés de vous le dire.

> Lorsque nous y sommes entrés,
> Les cieux n'étaient point éclairés
> Par la lune ni les étoiles :
> Et quand nous en sommes sortis,
> L'Aurore et l'époux de Procris
> Étaient encore dans les toiles.

Tout ce que nous pouvons faire en faveur
de la ville d'Apt, c'est de la supposer grande,
belle, peuplée, riche et bien habitée: car, en

bonne politique, il faut vanter les pays où l'on voyage.

Nous arrivâmes, cette même matinée, à Vaucluse. C'est un de ces lieux uniques, où la nature a voulu se singulariser. Il paraît avoir été fait exprès pour la muse de Pétrarque. Ce fameux vallon est terminé par un demi-cercle de rochers d'une prodigieuse élévation, et qu'on dirait avoir été taillés perpendiculairement. Au pied de cette masse énorme de pierre, sous une voûte naturelle, que son obscurité rend effrayante à la vue, sort d'un gouffre dont on n'a jamais trouvé le fond, la rivière appelée *la Sorgue*. Un amas considérable de rochers forment une chaussée au devant, mais à plusieurs toises de distance de cette source profonde. L'eau passe ordinairement par des conduits souterrains, du bassin de la fontaine, dans le lit où elle commence son cours ; mais, dans le temps de sa crue, qui arrive, nous dit-on, aux deux équinoxes, elle s'élève impétueusement au-dessus d'une espèce de mole, dont un voyageur géomètre aurait mesuré la hauteur.

> Là , parmi des rocs entassés,
> Couverts d'une mousse verdâtre,
> S'élancent des flots courroucés,
> D'une écume blanche et bleuâtre.
> La chûte et le mugissement
> De ces ondes précipitées,

Des mers par l'orage irritées
Imitent le frémissement.
Mais bientôt, moins tumultueuse,
Et s'adoucissant à nos yeux,
Cette fontaine merveilleuse,
N'est plus un torrent furieux.
Le long des campagnes fleuries,
Sur le sable et sur les cailloux,
Elle caresse les prairies
Avec un murmure plus doux.
Alors elle souffre sans peine
Que mille différents canaux.
Divisent au loin dans la plaine,
Le trésor fécond de ses eaux.
Son onde toujours épurée
Arrosant la terre altérée,
Va fertiliser les sillons
De la plus riante contrée
Que le dieu brillant des saisons,
Du haut de la voûte azurée
Puisse échauffer de ses rayons.

Le chemin qui nous mena du village à la fontaine, est un sentier étroit et pierreux, que la curiosité seule peut rendre praticable. Les pieds délicats de Laure devaient souffrir de cette promenade, et le doux Pétrarque n'avait pas peu de peine à la soutenir.

Après avoir assez examiné la fontaine, nous remontâmes à cheval. Notre voyage dans les plaines du Comtat, ne fut de notre part qu'un cri d'admiration. Les canaux tirés de la Sorgue,

nous suivaient partout, et nous répétions continuellement comme un chœur d'opéra :

> Lieux tranquilles, ondes chéries
> Nymphe aimable, flots argentés!
> Ranimez l'émail des prairies.
> Fontaine ! vos rives fleuries
> Ces arbres sans cesse humectés,
> Séjours des oiseaux enchantés,
> Nous rappellent les bergeries,
> Lieux autrefois si fréquentés,
> Et dont les touchantes beautés
> Ne sont plus qu'en nos rêveries.

Nous aurions voulu nous arrêter à L'Isle, le
temps ne nous le permit pas. Nous eûmes cependant le loisir d'en considérer la délicieuse situation. C'est un terroir que la nature et le travail se disputent l'honneur d'embellir. La Sorgue, qui dans tout son cours ne perd jamais sa
couleur ni sa pureté, enveloppe entièrement
la ville de ses eaux.

> C'est, dit-on, dans ses murs célèbres,
> Que le malin sut autrefois
> Faire glisser dans le harnois
> D'un poëte entendant ténèbres,
> D'un fol amour le feu Grégeois.

C'est en effet à L'Isle que Pétrarque vit, pour
la première fois, à l'office du Vendredi Saint,

l'héroïne que ses vers ont rendue immortelle :
nous sommes même persuadés que la beauté du
pays a eu autant de part à ses retours fréquents,
que la constance de sa passion. On ne peut
rien imaginer de plus séduisant que cette partie
du Comtat : des champs fertiles, plantés comme
des vergers, des eaux transparentes, des chemins
bordés d'arbres.

Nous fûmes coucher à Cavaillon, et nous y
arrivâmes assez de bonne heure pour pouvoir
parcourir les promenades et les dehors de la
ville qui sont agréablement ornés. Le lendemain
il fallut nous résoudre à quitter cet admirable
pays ; nous en sortîmes en passant la Durance,
et ce fut en mettant le pied dans le bateau, qu'un
de nous entonna pour les autres :

> Adieu, plaines du Comtat,
> Beaux lieux que la Sorgue arrose ;
> Adieu : mille fois béat
> Ce mortel qui se repose
> Dans votre charmant État !
> Loin de l'orgueilleux éclat
> Qui souvent aux sots impose ;
> Loin de la métamorphose
> Du fermier et du prélat,
> Tout est soumis à sa glose,
> Hors le bon Vice-Légat
> Qu'il doit respecter pour cause.

Le soleil couchant nous vit arriver à Aix. Il

y eut, ce jour là, deux entrées remarquables
dans cette ville ; celle d'un cardinal, et la nôtre.
Vous jugez bien, après la peinture du départ
de M..., qu'il y avait de la différence entre
nos équipages et ceux de l'Éminence. M. le cardinal d'Auvergne venait de faire un Pape, et
nous, de rendre visite aux dryades et aux
nymphes. Un quart d'heure de grotte enchantée
vaut bien six mois de conclave. Quoiqu'il en
soit, le même instant nous rassembla tous à
Aix. Nous y entrâmes par ce cours si renommé, où

Quelques arbres inégaux,
Force bancs, quatre fontaines,
Décorent ce long enclos
Où gens qui ne sont pas sots,
De nouvelles incertaines
Vont amuser leur repos.

Voilà une assez mauvaise plaisanterie, que
nous vous livrons pour ce qu'elle vaut. A parler
vrai, la capitale de la Provence est également
au-dessus de la critique et de la louange. Nous
l'avons vue dans un temps où les campagnes
sont peuplées aux dépens des villes.

Aussi, Madame, prîmes-nous notre parti en
gens de précaution : nous ne demeurâmes que
deux jours et demi à Aix.

Nous voici enfin à Marseille. C'est une de ces
villes dont on ne dit rien pour en avoir trop à

dire. Elle ne ressemble point aux autres villes
du royaume. Sa beauté lui est particulière. Ses
dehors mêmes et ses environs ne sont pas moins
singuliers : c'est un nombre infini de petites
maisons qui n'ont, à la vérité, ni cour, ni bois,
ni jardin, mais qui composent en total, le coup-
d'œil le plus riant qu'il y ait peut-être au monde.
Que l'aspect de ce port est frappant !

> Telles jadis en souveraines,
> Occupaient le trône des mers,
> Carthage et Tyr, puissantes reines
> Du commerce et de l'univers.
> Marseille, leur digne rivale,
> De toutes parts, à chaque instant,
> Reçoit les tributs du couchant
> Et de la rive orientale.
> Vous y voyez soir et matin
> Le Hollandais, le Levantin,
> L'Anglais sortant de ces demeures
> Où le laboureur, l'artisan,
> N'ont jamais vu, pendant trois heures,
> Le soleil pur quatre fois l'an ;
> Le Lapon qui naît dans la neige,
> Le Moscovite, le Suédois,
> Et l'habitant de la Norwège
> Qui souffle toujours dans ses doigts.
> Là tout esprit qui veut s'instruire,
> Prend de nouvelles notions.
> D'un coup d'œil, on voit, on admire
> Sous ce millier de pavillons,
> Royaume, République, Empire,

Et l'on dirait qu'on y respire
L'air de toutes les nations.

M. d'H..., intendant des galères, chez qui
nous dînâmes le lendemain de notre arrivée,
nous fit voir, dans le plus grand détail, les parties les plus curieuses de l'arsenal. La salle
d'armes est fort belle : ce sont deux grandes
galeries qui se coupent en croix. Les murailles
en sont revêtues d'espaliers de fusils et de mous-
quetons. D'espace en espace s'élèvent avec symétrie des pyramides de sabres, d'épées, de bayon-
nettes d'une blancheur éblouissante. Les pla-
fonds sont décorés, d'un bout à l'autre, de soleils
composés de même, c'est-à-dire, de rayons de
fer. On a mis, aux extrémités de la salle, de
grands trophées de tambours, de drapeaux et
d'étendards, qui paraissent gardés par des repré-
sentations de soldats armés de toutes pièces.

Ces lieux où reposent les dards
Que la mort fournit à la gloire,
Offrent ensemble à nos regards
L'horrible magasin de Mars,
Et le temple de la Victoire.

Après le dîner, M. d'H..., dont on ne peut
trop louer l'esprit, le goût et la politesse, nous
prêta sa chaloupe pour aller au Château d'If, qui
est à une lieue en mer. Les voyageurs veulent
tout voir.

Nous fûmes donc au château d'If.
C'est un lieu peu récréatif,
Défendu par le fer oisif
De plus d'un soldat maladif,
Qui, de guerrier jadis actif,
Est devenu garde passif.
Sur ce roc taillé dans le vif,
Par bon ordre on retient captif,
Dans l'enceinte d'un mur massif
Esprit libertin, cœur rétif,
Au salutaire correctif
D'un parent peu persuasif.
Le pauvre prisonnier pensif
A la triste lueur du suif,
Jouit, pour seul soporatif,
Du murmure non lénitif,
Dont l'élément rébarbatif
Frappe son organe attentif.
Or, pour être mémoratif
De ce domicile afflictif,
Je jurai d'un ton expressif,
De vous le peindre en rime en if.
Ce fait, du roc désolatif
Nous sortîmes d'un pas hâtif,
Et rentrâmes dans notre esquif,
En répétant d'un ton plaintif :
Dieu nous garde du château d'If !

Nous regagnâmes le port à l'entrée de la nuit, fort satisfaits, si ce n'était du Château d'If, au moins de notre promenade sur mer.

C'est ici que l'abbé nous quitta. Nous devions partir pour Toulon avant le jour, et lui pour la petite ville de Salon, où il a dû présenter son offrande et la nôtre au tombeau de Nostradamus. Il y eut de l'attendrissement dans notre séparation.

> Adieu, disions nous sans cesse,
> Ami sincère et flatteur,
> Héros de délicatesse,
> Dont le liant enchanteur
> Fait badiner la sagesse,
> Fait raisonner la jeunesse,
> Et parle toujours au cœur.

Cependant nous essuyâmes nos larmes : il alla se coucher, et nous allâmes passer la nuit à table chez le chevalier de C...

La route de Marseille à Toulon n'aurait rien de distingué, sans le fameux village d'Ollioules.

Quelques accidents de voyage nous empêchèrent d'arriver de bonne heure à Toulon. Le lendemain notre premier soin fut d'aller visiter le parc.

> Neptune a bâti sur ces rives
> Le plus beau de tous ses Palais ;
> Et ce Dieu l'a construit exprès
> Pour son trésor et ses archives.
> On y voit encor le trident
> Dont il frappa l'onde étonnée,
> Alors que l'aquilon bruyant
> Et sa cohorte mutinée

Firent, sans son consentement,
Larmoyer le pieux Énée.

Mais ce qui plus étonna,
C'est qu'on y voit les étrivières
Dont il châtia les rivières,
Quand Garonne se révolta ;
Fait que l'on ne connaissait guères,
Lorsque Chapelle l'attesta.

Notre Pégase est un peu faible pour vous transporter dans ce magnifique arsenal : l'air de la mer appesantit ses ailes.

Le port de Toulon est entièrement fait de main d'homme : la rade est, dit-on, la plus belle et la plus sûre de l'univers. L'immense étendue des magasins, et l'ordre qui y est observé, étonne et touche d'admiration. La corderie seule, qui est un bâtiment sur trois rangs de voûtes, a ... toises de long. Vous nous en croirez aisément, si, après tant de merveilles, nous vous disons que le roi paraît plus grand ici qu'à Versailles.

Le jour suivant, nous fûmes nous rassasier du coup-d'œil ravissant des côtes d'Hyères. Il n'est pas de climat plus riant, ni de terroir plus fécond : ce ne sont partout que des citronniers et des orangers en pleine terre.

Le grand enclos des Hespérides
Présentait moins de pommes d'or
Aux regards des larrons avides

De leur éblouissant trésor.
Vertumne, Pomone, Zéphire,
Avec Flore y règnent toujours :
C'est l'asile de leurs amours,
Et le trône de leur empire.

Nous apprîmes à Hyères, car on s'instruit en voyageant, l'effet que produisent dans l'air les caresses du dieu des zéphirs et de la déesse des jardins. Vous savez, Madame, qu'en approchant du pays des orangers, on respire de loin le parfum que répand la fleur de ces arbres. Un Cartésien attribuerait peut-être cette vapeur odoriférante au ressort de l'air ; et un Newtonien ne manquerait pas d'en faire honneur à l'attraction.

Le lever de l'aurore et le coucher du soleil sont ordinairement accompagnés de ces douces exhalaisons. Les jardins d'Hyères ne sont pas moins utiles qu'agréables. Il y en a entr'autres qu'on dit valoir communément en fleurs et en fruits jusqu'à vingt mille livres de rente, pourvu que les brouillards ne s'en mêlent pas.

Nous revînmes coucher le même jour à Toulon ; le lendemain nous préparait un spectacle admirable. Nous allâmes, dès le matin, dans le parc, pour voir lancer à la mer un vaisseau de guerre de quatre-vingts pièces de canon. Cette masse terrible, n'était plus soutenue que par quelques pièces de bois, qu'on nomme en terme de marine, *épontilles*. On les ôte successivement :

elle porte enfin sur son propre poids, dans un lit
de madriers enduits de graisse : un homme alors
fort leste abat un pieu qui retient encore le
navire.

> Au bruit des cris perçants qui s'élèvent dans l'air,
> La machine s'ébranle et fond comme l'éclair.
> Tout s'éloigne, tout fuit : de sa route enflammée,
> Le matelot tremblant respire la fumée.
> Le rivage affaissé semble rentrer sous l'eau ;
> L'onde obéit au poids du rapide vaisseau.
> La mer, en frémissant lui cède le passage ;
> Il vole, et sur les flots que sa chûte partage,
> De ses liens rompus dispersant les débris,
> S'empare fièrement des gouffres de Thétis.
> Ainsi, quand sur les pas d'un héros intrépide,
> La Grèce menaçait les bords de la Colchide,
> Des arbres de Dodone entraînés sur les mers
> L'assemblage effrayant étonna l'univers.
> De ses antres obscurs en vain l'affreux Borée
> Accourut en furie au secours de Nérée ;
> Le vaisseau, fier vainqueur et des vents et des flots,
> Accoutuma Neptune au joug des matelots.

Après cela, Madame, quelque part qu'on soit,
il faut fermer les yeux sur tout le reste et partir ;
c'est ce que nous fîmes sur le champ, quoiqu'avec
regret. Nous quittions M. le chevalier de M...
non pas notre compagnon de voyage, mais son
frère aîné, jeune marin de vingt-trois ans, qui
joint à beaucoup de savoir et d'expérience dans

son métier, le caractère le plus doux et le plus
aimable. Il avait été pendant trois jours notre
patron. Je me disposais à vous ébaucher son
portrait ; deux importuns qui se croient en droit
de faire les honneurs de sa modestie, parce qu'ils
sont ses frères, m'arrachent la plume des mains.

Heureusement pour vous, Madame, nous n'a-
vons plus rien à conter. Nous partons de M...
mardi prochain. J'aurai l'honneur de vous assurer moi-même, dans peu de jours, de mon très-
humble respect, et de vous présenter

> Un mortel qui de vos suffrages
> Depuis longtemps connaît le prix ;
> Le compagnon de mes voyages,
> Et l'Apollon de mes écrits.

Je suis, etc.

> Vous avez cru la besogne finie :
> Voici pourtant une apostille en bref
> Ou bien en long, dont j'ai l'âme marrie.
> Si, par hazard, quelque méchant génie
> Pour lui causer en public avanie,
> Vous dérobait ce fruit de notre chef,
> Ce qui pourrait nous porter grand méchef ;
> Avertissons tout lecteur débonnaire
> Que ce n'est pas voyage de long cours
> Et qu'en dépit du censeur très-sévère
> Qui ne comptait ni quarts d'heures, ni jours,
> Très-fort le temps importe à notre affaire.

UNE TEMPÊTE

PAR LAMARTINE

—

Cependant septembre commençait avec ses pluies et ses tonnerres. La mer était moins douce. Notre métier, plus pénible, devenait quelquefois dangereux. Les brises fraîchissaient, la vague écumait et nous trempait souvent de ses jaillissements. Nous avions acheté sur le môle deux de ces capotes de grosse laine brune que des matelots et les lazzaroni de Naples jettent pendant l'hiver sur leurs épaules. Les manches larges de ces capotes pendent à côté des bras nus. Le capuchon, flottant en arrière ou ramené sur le front, selon le temps, abrite la tête du marin de la pluie et du froid, ou laisse la brise et les rayons du soleil se jouer dans ses cheveux mouillés.

Un jour, nous partîmes de la *Margellina* par

une mer d'huile, que ne ridait aucun souffle, pour aller pêcher des rougets et les premiers thons sur la côte de Cumes, où les courants les jettent dans cette saison. Les brouillards roux du matin flottaient à mi-côte et annonçaient un coup de vent pour le soir. Nous espérions le prévenir et avoir le temps de doubler le cap Misène avant que la mer lourde et dormante ne fût soulevée.

La pêche était abondante. Nous voulûmes jeter quelques filets de plus. Le vent nous surprit: il tomba du sommet de l'*Epoméo*, immense montagne qui domine Ischia, avec le bruit et le poids de la montagne elle-même qui s'écroulerait dans la mer. Il aplanit d'abord tout l'espace liquide autour de nous, comme la herse de fer aplanit la glèbe et nivelle les sillons. Puis la vague, revenue de sa surprise, se gonfla murmurante et creuse, et s'éleva en peu de minutes, à une telle hauteur, qu'elle nous cachait de temps à autre la côte et les îles.

Nous étions également loin de la terre ferme et d'Ischia, et déjà à demi engagés dans le canal qui sépare le cap Misène de l'île grecque de Procida. Nous n'avions qu'un parti à prendre: nous engager dans le canal, et, si nous réussissions à le franchir, nous jeter à gauche dans le golfe de Baïa et nous abriter dans ses eaux tranquilles.

Le vieux pêcheur n'hésita pas. Du sommet d'une lame où l'équilibre de la barque nous suspendit un moment dans un tourbillon d'écume, il jeta un regard rapide autour de lui, comme un homme égaré qui monte sur un arbre pour chercher sa route, puis se précipitant au gouvernail, « A vos rames, enfants ! s'écria-t-il, il faut que nous voguions au cap plus vite que le vent ; s'il nous y devance, nous sommes perdus ! » Nous obéîmes comme le corps obéit à l'instinct.

Les yeux fixés sur ses yeux, comme pour y chercher le rapide indice de sa direction, nous nous penchâmes sur nos avirons, et tantôt gravissant péniblement le flanc des lames montantes, tantôt nous précipitant avec leur écume au fond des lames descendantes, nous cherchions à ralentir notre chute par la résistance de nos rames dans l'eau. Huit ou dix vagues de plus en plus énormes nous jetèrent dans le plus étroit canal. Mais le vent nous avait devancé, comme l'avait dit le pilote, s'engouffrant entre le cap et la pointe de l'île, il avait acquis une telle force, qu'il soulevait la mer avec les bouillonnements d'une lave furieuse, et que la vague, ne trouvant pas d'espace pour fuir assez vite devant l'ouragan qui la poussait, s'amoncelait sur elle-même, retombait, ruisselait, s'éparpillait dans tous les sens comme une mer folle, et, cherchant à fuir sans pouvoir s'échapper du canal, se heurtait avec des coups terribles contre les rochers à pic du cap Misène et y élevait une colonne d'écume dont la poussière était renvoyée jusque sur nous.

Tenter de franchir ce passage avec une barque aussi fragile, et qu'un seul jet d'écume pouvait remplir et engloutir, c'était insensé. Le pêcheur jeta sur le cap éclairé par sa colonne d'écume un regard que je n'oublierai jamais, puis faisant le signe de la croix : « Passer est impossible, « s'écria-t-il ; reculer dans la grande mer, encore « plus. Il ne nous reste qu'un parti : aborder à « Procida ou périr. »

Tout novices que nous fussions dans la pratique de la mer, nous sentions la difficulté d'une pareille manœuvre par un coup de vent. En nous dirigeant vers le cap, le vent nous chassait devant lui, nous suivions la mer qui fuyait avec nous, et les vagues, en nous élevant sur leur sommet, nous relevaient avec elles. Elles avaient donc moins de chance de nous ensevelir dans les abîmes qu'elles creusaient. Mais pour aborder à Procida, dont nous apercevions les feux du soir briller à notre droite, il fallait prendre obliquement les lames et nous glisser, pour ainsi dire, dans leurs vallées vers la côte, en présentant le flanc à la vague et les minces bords de la barque au vent. Cependant la nécessité ne nous permettait pas d'hésiter. Le pêcheur, nous

faisant signe de relever nos rames, profita de
l'intervalle d'une lame à une autre pour virer
de bord. Nous mîmes le cap sur Procida, et nous
voguâmes comme un brin d'herbe marine
qu'une vague jette à l'autre vague et que le flot
reprend au flot.

Nous avancions peu ; la nuit était tombée. La
poussière, l'écume, les nuages que le vent rou-
lait en lambeaux déchirés sur le canal en redou-
blaient l'obscurité. Le vieillard avait ordonné à
l'enfant d'allumer une de ses torches de résine,
soit pour éclairer un peu sa manœuvre dans les
profondeurs de la mer, soit pour indiquer aux
marins de Procida qu'une barque était en perdi-
tion dans le canal, et pour leur demander, non
leur secours, mais leurs prières.

C'était un spectacle sublime et sinistre que
celui de ce pauvre enfant, accroché d'une main
au petit mât qui surmontait la proue, et, de
l'autre, élevant au-dessus de sa tête cette torche
de feu rouge dont la flamme et la fumée se tor-
daient sous le vent et lui brûlaient les doigts et
les cheveux. Cette étincelle flottante apparaissant
an sommet des lames et disparaissant dans leur
profondeur, toujours prête à s'éteindre et toujours rallumée, était comme le symbole de ces
quatre vies d'hommes qui luttaient entre le
salut et la mort dans les ombres et dans les an-
goisses de cette nuit.

Trois heures, dont les minutes ont la durée des pensées qui les mesurent, s'écoulèrent ainsi. La lune se leva, et, comme c'est l'habitude, le vent plus furieux se leva avec elle. Si nous avions eu la moindre voile, il nous eût chavirés vingt fois. Quoique les bords très-bas de la barque donnassent peu de prise à l'ouragan, il y avait des moments où il semblait déraciner notre quille des flots, et où il nous faisait tournoyer comme une feuille sèche arrachée à l'arbre.

Nous embarquions beaucoup d'eau : nous ne pouvions suffire à la vider aussi vite qu'elle nous envahissait. Il y avait des moments où nous sentions les planches s'affaisser sous nous comme un cercueil qui descend dans la fosse. Le poids de l'eau rendait la barque moins obéissante et pouvait la rendre plus lente à se relever une fois entre deux lames. Une seule seconde de retard, et tout était fini.

Le vieillard, sans pouvoir parler, nous fit signe, les larmes aux yeux, de jeter à la mer tout ce qui encombrait le fond de la barque. Les jarres d'eau, les paniers de poissons, les deux grosses voiles, l'ancre de fer, les cordages, jusqu'à ses paquets de lourdes hardes ; nos capotes même de grosse laine trempée d'eau, tout passa par-dessus le bord. Le pauvre nautonnier regarda un moment surnager toute sa richesse. La barque se releva et courut légèrement sur la crête des vagues, comme un coursier qu'on a déchargé.

Nous entrâmes insensiblement dans une mer plus douce, un peu abritée par la pointe occidentale de Procida. Le vent faiblit, la flamme de la torche se redressa, la lune ouvrit une grande percée bleue entre les nuages ; les lames en s'allongeant, s'aplanirent et cessèrent d'écumer sur nos têtes. Peu à peu la mer fut courte et clapoteuse comme dans une anse presque tranquille, et l'ombre noire de la falaise de Procida nous coupa la ligne de l'horizon. Nous étions dans les eaux du milieu de l'île.

La mer était trop grosse à la pointe pour chercher le port. Il fallut nous résoudre à aborder l'île par ses flancs et au milieu de ses écueils. — « N'ayons plus d'inquiétude, enfants, nous dit le « pêcheur en reconnaissant le rivage à la clarté « de la torche ; la madonne nous a sauvés. « Nous tenons la terre et nous coucherons cette « nuit dans ma maison. » — Nous crûmes qu'il avait perdu l'esprit, car nous ne lui connaissions d'autre demeure que sa cave sombre de la *Margellina*, et pour y revenir avant la nuit, il fallait se rejeter dans le canal, doubler le cap et affronter de nouveau la mer mugissante à laquelle nous venions d'échapper.

Mais lui souriait de notre air d'étonnement, et comprenait nos pensées dans nos yeux :

« Soyez tranquilles, jeunes gens, reprit-il, nous
« y arriverons sans qu'une seule vague nous
« mouille. « Puis il nous expliqua qu'il était de
Procida ; qu'il possédait encore sur cette côte de
l'île la cabane et le jardin de son père, et qu'en
ce moment même sa femme âgée avec sa petite
fille, sœur de Beppino, notre jeune mousse, et
deux autres petits enfants, étaient dans sa maison, pour y sécher les figues et pour y vendanger
les treilles dont ils vendaient les raisins à Naples.
— « Encore quelques coups de rame, ajouta-t-il,
« et nous boirons de l'eau de la source qui est
« plus limpide que le vin d'Ischia. »

Ces mots nous rendirent courage ; nous ramâ-
mes encore pendant l'espace d'environ une lieue
le long de la côte droite et écumeuse de Procida.
De temps en temps l'enfant élevait et secouait sa
torche. Elle jetait sa lueur sinistre sur les rochers,
et nous montrait partout une muraille formida-
ble. Enfin, au tournant d'une pointe de granit
qui s'avançait en forme de bastion dans la mer,
nous vîmes la falaise fléchir et se creuser un
peu comme une brèche dans un mur d'enceinte ;
un coup de gouvernail nous fit virer droit à la
côte, trois dernières lames jetèrent notre barque
harassée entre deux écueils, où l'écume bouillon-
nait sur un bas-fond.

La proue en touchant la roche rendit un son
sec et éclatant comme le craquement d'une plan-

che qui tombe à faux et qui se brise. Nous sau-
tâmes dans la mer, nous amarrâmes de notre
mieux la barque avec un reste de cordage, et
nous suivîmes le vieillard et l'enfant qui marchaient devant nous.

VOYAGE

DE PARIS A SAINT-CLOUD

PAR MER

ET RETOUR

DE SAINT-CLOUD A PARIS

PAR TERRE

—

La passion de voyager est, sans contredit, la plus digne de l'homme; elle lui forme l'esprit, en lui donnant la pratique de mille choses que la théorie ne saurait démontrer. Je puis en parler aujourd'hui avec connaissance de cause. Il n'y a rien de si sot et de si neuf qu'un Parisien qui n'est jamais sorti des barrières : s'il voit des terres, des prés, des bois et des montagnes qui terminent son horizon, il pense que tout cela est inhabitable : il mange du pain et boit du vin à Paris, sans savoir comment croît l'un et l'autre. J'étais dans ce cas avant mon voyage ; je m'imaginais que tout venait aux arbres : j'avais vu ceux du *Luxembourg* rapporter des *marrons d'Inde*, et je croyais qu'il y en avait d'autres dans des jardins faits exprès, qui rapportaient du blé, du raisin, des fruits et des légumes de toutes espèces. Je pensais que les bouchers tenaient des manufactures de viande, et que celui qui faisait la meilleure, était le plus fameux ; que les rôtisseurs fabriquaient la volaille et le gibier, comme les limonadiers fabriquent le chocolat ; que la Seine fournissait la morue, le hareng saur, le maquereau, et tout ce bon poisson qu'on vend à Paris ; que les teinturiers ordinaires faisaient le vin à huit et à dix sols pour les cabaretiers, mais que le bon se faisait aux Gobelins, comme y ayant la meilleure teinture ; que la toile et les étoffes venaient dans certains endroits, comme les toiles d'araignées derrière ma porte.

Mais je suis bien revenu aujourd'hui de toutes mes erreurs et de mon ignorance sur la nature ; il ne me fallait rien moins pour cela, que le voyage de long cours, d'où, par la grâce de Dieu, je suis de retour, et dont je donne ici la relation au public. Rien de plus capable d'exciter les jeunes gens à voyager que la lecture des différents voyageurs ; c'est aussi le seul but que je me suis proposé.

Il y avait deux ans que l'on me tourmentait pour me faire sortir de Paris, lorsqu'enfin un de mes intimes amis de collége, dont le père a une fort jolie maison de campagne à Saint-Cloud, me pressa si vivement de l'y aller voir, que je ne pus m'en défendre. La prière de la charmante Henriette sa sœur, acheva de m'y déterminer : j'avais besoin d'un aussi puissant motif pour vaincre ma répugnance à jamais m'exposer en route.

Alea jacta est, la balle est jetée. Je braverai les fatigues du voyage, j'affronterai les périls de la mer, je m'exposerai aux inconvénients du changement d'air.

Actuellement que je me suis fait émanciper, me voilà mon maître ; ma mère et mon tuteur m'ont rendu leurs comptes, et je n'en dois à personne. . . . . .

Telles étaient mes réflexions, lorsque, pensant très-sérieusement que je n'avais plus que huit jours pour me disposer à partir, je commençai par faire blanchir tout mon linge, que j'étageai dans une malle, avec quatres paires d'habit complet de différentes saisons, un chapeau, des bas et des souliers aussi tout neufs ; et comme j'avais entendu dire qu'en voyage, il ne fallait

s'embarrasser de bagage sur soi, que le moins
que l'on pouvait, je mis dans un grand sac de
nuit tout mon nécessaire , savoir : ma robe de
chambre de callemande rayée, deux chemises à
languettes, deux bonnets d'été, un bonnet de
velours aurore, brodé en argent, des pantoufles,
ma flûte à bec, ma carte géographique, mon
compas, mon crayon, mon écritoire, un sixain
de piquet, trois jeux de comète, un jeu d'oie, et
mes heures. Je ne réservai pour porter sur moi
que ma montre à réveil, mon flacon à cuvette
plein d'eau *sans pareille*, mes gants, des bottes,
un fouet, ma redingotte, des pistolets de poche,
mon parapluie, ma grande canne, et mon couteau de chasse à manche d'agathe.

Tout mon équipage fut prêt en quatre jours ;
il ne s'agissait plus que de mettre ordre à mes
petites affaires, tant spirituelles que temporelles.
Après avoir fait une bonne et ample confession
générale, je fis un testament olographe, que j'é-
crivis moi-même à tête reposée, en belle écriture,
moitié ronde et moitié bâtarde : je fus faire mes a-
dieux à tous mes voisins, mes parents et mes amis,
et je payai tout ce que je devais dans le quartier.
J'avais toujours ouï dire que l'air de la mer était
malfaisant à ceux qui n'y étaient point habitués
de jeunesse ; et pour m'y accoutumer petit à petit, j'allais tous les jours me promener sur les
bateaux des blanchisseuses, pendant une heure

10.

ou deux: je passais l'eau aussi de temps en temps du port Saint-Nicolas aux Quatre-Nations, et j'ai continué cette manœuvre jusqu'à mon départ, de sorte qu'insensiblement je m'y suis fait.

Quand je fus à la veille de partir, quoique l'on m'eût assuré que je trouverais des vivres dans le navire sur lequel je devais m'embarquer pour aller à *Saint-Cloud*, je fis toujours, par précaution, acheter un grand panier d'osier fermant à clef, dans lequel je fis mettre un biscuit de trois sous du Palais Royal (car j'ai retenu de quelqu'un qu'il ne fallait jamais s'embarquer sans biscuit), un petit pain mollet du Pont Saint Michel, une demi-bouteille de bon vin à dix, deux grosses bouteilles d'eau d'Arcueil, à la glace, une livre de cerises, et un morceau de fromage de Brie.

Enfin, le grand jour de mon départ arrivé, (c'était par un Dimanche, veille de la Saint Jean car je m'en souviendrai tant que je vivrai) mon régent, de qui j'avais été prendre congé, voulut me venir conduire, avec ma mère et mes deux tantes, qui, pour être levées plus matin, avaient passé la nuit dans ma chambre. Nous prîmes deux carrosses ; un pour nous, et l'autre pour mon équipage : tous mes voisins étaient aux portes et aux fenêtres, pour me dire adieu et me souhaiter un bon voyage. Je laissai à une de mes voisines mon beau chat chartreux, et à une autre

mon petit serin gris ; et nous fûmes au Saint-
Esprit entendre la sainte messe : je m'en acquit-
tai avec le plus de dévotion que le permettait
mon état. Il y avait tant de monde ce jour-là,
qu'au sortir de l'Eglise, j'eus toutes les peines
imaginables à prendre autant d'eau bénite que
j'aurais bien voulu, pour en faire la galanterie à
ma compagnie ; mais il me fut impossible de lui
donner en cela des preuves de ma générosité ;
dans le moment que je faisais la petite cérémo-
nie usitée parmi les jeunes gens bien nés, et que
j'allongeais le bras, je me trouvai séparé par la
foule des entrants et des sortants ; de façon que
ceux qui entraient, me reportèrent, jusqu'à trois
reprises de suite, au milieu de l'église, sans
qu'il me fût possible de m'en dépêtrer, qu'après
y avoir laissé un morceau de ma perruque, deux
agrafes de mon chapeau, trois boutons de mes
bretelles et mon beau mouchoir des Indes tout
entier. Heureusement que mon couteau de chasse
était bien attaché et serré tout à neuf, car je l'aurais perdu aussi : encore n'eus-je pas la consolation d'avoir fait usage pour moi-même de l'eau
bénite que j'avais prise. Enfin, je rejoignis ma
mère tout hors d'haleine, et boitant tout bas ,
parce qu'en me ballotant ainsi, on m'avait marché sur dix-sept de mes cors ; car j'en ai depuis
l'âge de raison, trois à chaque doigt du pied, et
cela, vraisemblablement, vient de famille ; car

tout Paris sait que feu mon pauvre père, dont l'âme est aujourd'hui devant Dieu, en avait une si grande quantité, qu'à chaque variation des temps, il en était si cruellement tourmenté, que jamais baromètre n'a été moins infaillible que lui à annoncer les changements des temps.

Je n'osai cependant me plaindre de ma perte dans la crainte d'être bien grondé ; car je connaissais ma pauvre bonne femme de chère mère pour ne pas aimer du tout à perdre, et pour être fort mauvaise joueuse à ce jeu là. Nous remontâmes en carrosse, et traversâmes la Grève avec assez de difficulté, à cause de l'embarras qu'y causaient les préparatifs du feu d'artifice que l'on devait tirer le soir même. Ma mère était bien fâchée que je partisse sans le voir : une de ses commères, bonne amie et voisine, en l'assurant qu'il y aurait de bien belles fusées volantes toutes neuves et dont elle connaissait l'auteur, lui avait en même temps proposé une place pour elle et pour moi sur l'amphithéâtre des huissiers de la ville, parce que le maître-clerc d'un de ces messieurs faisait depuis peu la cour à sa fille *Babichon.* Mais il était inutile d'y penser ; j'avais promis à ma chère Henriette, et tous les feux d'artifice du monde ne m'auraient pas fait manquer à la parole que je lui avais donnée de partir ce jour-là. Je dis adieu à la Grève, au Pont-Neuf, au cheval de bronze, au Louvre, et enfin

à tous les endroits remarquables de ma route.
Nous arrivâmes insensiblement au pont Royal,
où nous vîmes beaucoup de monde assemblé, ce
qui nous fit penser qu'on ne tarderait point à
partir.

Le cœur me battait extraordinairement à la
vue du navire ; celui qui était en charge pour
lors se nommait le *vieux Saint François*, com-
mandé par le capitaine *Duval*, homme fort expé-
rimenté dans la marine de terre et de mer, et
qui, suivant que lui-même m'en a assuré, n'a
pas encore été noyé une seule fois, depuis vingt
ans qu'il navigue. Je fis embarquer tout mon
bagage sous la *levée :* on n'attendait plus que le
vent de huit heures et demie pour tirer la planche
et *pousser hors*. Déjà le pilote avait levé le dra-
peau avec lequel il donnait le signal du haut de
la *jetée*, et les matelots, répandus dans les auberges voisines, y battaient le *boute-selle*, et y
hâtaient à grands cris les voyageurs. Il est vrai
que leurs juremens déplurent beaucoup à ma
mère et à mes deux tantes qui firent un peu la
grimace et moi aussi ; mais mon régent, qui
avait vogué déjà deux fois de Paris à Charenton,
nous rassura beaucoup, nous disant que c'était
là la façon ordinaire dont les gens de mer s'ex-
pliquaient, et qu'il ne fallait point s'en forma-
liser.

Il est bien vrai de dire que, dans les différents

embarras d'un départ, en oublie toujours quelque chose : ma mère, qui avait été autrefois dans le commerce, se ressouvint que, pour rendre le capitaine responsable de sa cargaison, on faisait ordinairement une lettre de voiture pour chaque ballot qui s'embarquait dans son *bord* ; elle en voulait faire une pour moi et ma pacotille. Mes tantes d'un autre côté, voulaient me faire passer par la chambre des Assurances, mais il était trop tard pour prendre ces précautions ; le pilote *Montbazon* jurait après ma lenteur, on n'attendait que moi pour lever la fermure et démarrer ; il fallut nous séparer malgré nous. La mère du capitaine *Duval*, qui l'était venu conduire jusqu'au port, m'arracha des bras de mon régent, de ma mère et de mes deux tantes, pour me pousser *à bord* ; elles n'eurent que le temps de me couler dans mes poches, chacune une pièce de six sols, et de me promettre une messe à *Saint-Mandé* et aux *Vertus*, sous la condition expresse que je leur donnerais de mes nouvelles quand je serais arrivé. Je leur promis de le faire, et de leur rapporter à chacun un singe vert et un perroquet gros bleu, et je m'embarquai.

Non, rien ne me dégoûterait tant des voyages que les adieux qu'ils occasionnent, et sur-tout quand il les faut faire à des gens qui nous touchent d'aussi près qu'un régent de rhétorique,

une mère et deux tantes. Je tremble encore,
quand je me représente que nous restâmes
muets tous les cinq pendant quelque temps ; que
tous les quatre avaient les yeux fixés sur les
miens qui fondaient en eau ; que je les regardais tous, les uns après les autres, que le
cœur de ma pauvre bonne femme de mère
creva le premier ; que celui des autres et le
mien crevèrent aussi ; que nous pleurions à
chaudes larmes tous les cinq, sans avoir la force
de nous rien dire ; que nous en vînmes tous à
la fois aux plus tendres embrassements, ce qui
faisait le plus triste groupe du monde ; que nos
larmes avaient de la peine à se mêler tant elles
étaient rapides ; et qu'enfin le spectacle était si
touchant, que les deux cochers qui nous avaient
amenés, et qui pour l'ordinaire ne sont pas
trop tendres, ne purent s'empêcher de pleurer
aussi. Je ne sais pas même si les chevaux ne se
mirent pas aussi de la partie ; car je m'étais aperçu du bon cœur de ces animaux, en ce qu'ils
semblaient ne me conduire là qu'à regret, tant
ils avaient été lentement sur toute la route.

Tandis que j'étais occupé à reconnaître mon
équipage, le navire fut mis *à flot* ; je le sentis à
merveille par un ébranlement qui m'effraya,
parce qu'il me surprit. Je montai sur le *tillac* pour
voir la manœuvre : déjà le pont Royal se retirait
pour nous faire place, et tous les autres navires

chargés de bois, qui semblaient n'être là que pour s'opposer à notre passage, se rangeaient aussi à la voix du pilote, qui jurait, comme un diable, après eux.

A peine étions-nous à la *demi-rade*, que plusieurs passagers ayant fait signal du bord du rivage qu'ils voulaient s'embarquer avec nous, le capitaine a fait jeter la *chaloupe* en mer, pour les aller recueillir : apparemment qu'ils avaient retenu leur place. Nous avons été *tout bellement* jusqu'à ce qu'ils nous aient joints ; après quoi nous nous sommes trouvés en pleine mer, vis-à-vis du nouveau *Carrousel*, et nous avons été bon train ensuite.

Un petit vent du *sud* nous poussait, et apparemment qu'il nous était contraire, car on ne *hissa* aucune *voile*, pas même la *misène* ; mais on fit seulement *force de rames* jusqu'à ce que nous pussions saisir les *vents alisés*. L'odeur du goudron commença tout d'un coup à me porter à la tête : je voulus me retirer plus loin pour l'éviter ; mais je fus bien étonné, quand voulant me lever, il me fut impossible de le faire. Je m'étais malheureusement assis sur un tas de cordages, sans prendre garde qu'ils étaient goudronnés ; la chaleur que je leur avais communiquée, les avait incorporés si intimement à ma culotte qu'il fallut en couper les lambeaux pour me débarrasser. Cette aventure ne déplut qu'à moi

car, de tous les spectateurs, il n'y avait que moi
qui ne riais point. Cependant, nous rangions le
nord, en dérivant jusqu'à la hauteur d'un *port*,
qu'on me dit être celui de la *Conférence*. Il y
avait à l'ancre plusieurs navires qui y char-
geaient différentes marchandises de Paris,
destinées pour les pays étrangers : de-là j'estimai que ce que je voyais à l'opposite était ce que
nos géographes de Paris appellent *la Grenouillère*,
parce que j'entendis effectivement le croassement
des grenouilles.

Nous dépassâmes *le Pont tournant et le petit
Cours* d'un côté de la terre, et de l'autre, *les In-
valides et le Gros-Caillou :* nous fîmes ensuite la
découverte d'une grande isle déserte, sur laquelle je ne remarquai que des cabanes de sauvages
et quelques vaches marines, entremêlées de bœufs
d'Irlande. Je demandai si ce n'était point là ce
qu'on appelait, dans ma *mappemonde,* l'isle de *la
Martinique,* d'où nous venait le bon sucre et le
mauvais café : on me dit que non, et que cette
isle, portait le nom de *l'Isle des Cygnes.* Je parcourus ma carte ; et comme je ne l'y trouvai
point, j'en ai fait la note suivante. J'ai observé
que les pâturages en doivent être excellents, à
cause de la proximité de la mer, qui y fournit de
l'eau de la première main ; qu'on y pourrait recueillir de fort bon beurre de *Bray* ; que si cette
isle était labourée, elle produirait de fort joli

11

gazon, et bien frais ; que sans doute, l'on en
tirait ces beaux manchons de cygnes qui étaient
autrefois tant à la mode ; et que, quoiqu'il n'y
eût pas un arbre, il y avait cependant bien des
falourdes, et bien des planches entassées les unes
sur les autres à l'air. J'ai tiré de là une conséquence, que la récolte du bois et des planches
était déjà faite dans ce pays-là, parce que le
mois d'août y est plus hâtif que le mois de septembre à Paris ; qu'il n'y a point assez de bâtiments ni de caves pour les serrer ; et qu'enfin,
c'est sans doute de là que l'on tire ce beau bois
des isles, que nos Ébénistes emploient, et dont
nos tourneurs font de si belles quilles.

A deux pas de là, sur un banc de sable vers le
midi, nous avons vu le débris d'un navire marchand, que l'on nous a dit avoir fait naufrage
l'hiver dernier, chargé de chanvre. Je ne saurais
dissimuler combien ce spectacle m'a fait de peine :
autant m'en pendait devant le nez, je pourrais
périr et échouer de même.

Nous faisions toujours route, et nous cinglions
en louvoyant le long du rivage, qui était couvert
de pierres de S. Leu, que je prenais de loin
pour du marbre d'Italie, lorsque, pour suppléer
au défaut de marée, et au vent contraire, notre
pilote prudent et sage, parce qu'il était encore à
jeûn, a jeté un cable à terre, qui sur le champ,
m'a paru avoir été attaché à un charretier et à ses

chevaux. J'ai remarqué que, quoiqu'ils aient toujours été le grand trot, et quelquefois même le galop tous les trois, nous les avons cependant toujours suivis sans doubler notre pas. C'est une belle chose que l'invention de la mer !

J'étais pour lors dans une assiette assez tranquille, puisque je m'occupais à consommer une partie de ma victuaille, lorsqu'apercevant une longue frégate beaucoup plus forte que notre vaisseau, et qui lançait debout à nous, j'ai cru être perdu ; la peur donne des ailes, dit-on, mais sûrement elle ne donne point d'appétit, car il m'a manqué tout d'un coup. J'ai vu notre capitaine sortir brusquement de sa chambre, et quitter une partie de *pied-de-bœuf*, à laquelle il jouait avec des dames, pour monter sur *le pont*, et crier à plusieurs reprises, *Coit ! coit ! coit !* J'ai vu ensuite les matelots de la *frégate* lever le chapeau en l'air, et crier à des hommes et à des chevaux qui étaient à terre, *Ho ! ho ! ho !* J'ai pris tout cela pour le signal de l'*abordage* ; et attendu qu'il y a relâche au théâtre de la guerre entre nos voisins et nous, j'ai cru d'abord que c'était une *galère d'Alger*, qui nous allait prendre et conduire à Marseille avec ces pauvres captifs qu'on y conduit tous les ans de *la Tournelle*, et que les RR. PP. Mathurins vont racheter *en Barbarie* de temps en temps. J'étais dans un saisissement mortel : car j'ai lu la liste des tourments que l'on fait souffrir aux pauvres chrétiens qui ne veulent pas se faire recevoir dans la religion de ces pays-là : voilà ce que c'est que d'avoir un peu de lecture. Mais j'avais déjà pris mon parti en galant homme sur cela, quand j'ai vu *la frégate* se *remorquer* et passer son chemin ; elle était même déjà bien loin de nous, que je craignais encore qu'il ne lui prît quelque répit, et qu'elle ne *revirât de bord*. Cette *frégate* se nommait, à ce qu'on m'a dit après, *la Parfaite*, de dix hommes et huit chevaux d'équipage, du port de je ne me souviens plus combien de tonneaux de cidre, chargée de marchandises d'épiceries, et commandée par le capitaine *Louis-Georges Freret*, faisant route de *Rouen à Paris*. Cela me donna occasion de demander si *la Compagnie des Indes* passait aussi par-là, quand elle allait chercher de ces belles *toiles d'Hollande* au *Japon*? si nous étions encore bien éloignés du *cap Breton*? si nous ne courions point risque de rencontrer des écumeurs de mer, et si c'était par ici que j'avais passé en revenant de Pantin, où j'ai été en nourrice ? Je m'aperçus qu'à chaque question on me riait au nez ; mais je crus que c'était par ressouvenir de ma culotte goudronnée : cependant, sans me dire pourquoi on riait tant on me tourna le dos, et je restai seul assis au pied du *grand mât*, où j'achevai de déjeûner.

Sur la pente douce et agréable d'une colline

qui borde le rivage du côté du nord, s'élèvent
des maisons sans nombre, plus jolies les unes
que les autres, qui forment la perspective d'une
grosse ville, que nous longions de fort près,
lorsque j'aperçus à l'une de ses extrémités
deux gros pavillons octogones à la Romaine ornés de girouettes percées d'un écusson respecta-
ble, et aboutissant à une terrasse qui règne le
long d'un parterre charmant. Je faisais observer
à un abbé qui était venu se mettre à côté de moi
qu'apparemment dans le temps des *Croisades de
la Terre Sainte*, cette ville avait manqué d'être
prise *d'escalade* du côté de la mer par les *Turcs*,
puisque les échelles y étaient encore restées attachées aux murs, ou que c'était peut-être ce que
nos plus grands voyageurs ont nommé *les Échelles du Levant* : mais il me dit que ce village s'ap-
pellait *Chaillot*; que ces pavillons avaient été
bâtis par S. A. R., et que ces échelles servaient
aux blanchisseuses du pays, pour aller laver
leur linge. Je vis effectivement la preuve de ce
que me dit l'abbé; car, dans le moment même,
des femmes descendirent, et d'autres remontè-
rent par ces échelles avec du linge, tandis que
celles qui étaient restées sur la grève à échanger,
battre et laver leur lessive, nous dirent en passant mille sottises que la pudeur ne permet point
de répéter ici. Tout ce qui m'étonnait, c'est que
j'avais fait tant de chemin, et qu'on parlait encore

français : je compris de là que la langue française était une langue qui s'étendait bien loin.

Au bout des murs de *Chaillot*, et sur le même profil, en règne un autre fort long et fort haut, qui renferme un grand clos, de beaux jardins, et un gros corps de logis percé de mille croisées antiques et adossé à une église fort haute, dont la pointe du clocher semble se perdre dans les airs. J'ai d'abord imaginé que ce pouvait être cette superbe chartreuse de Grenoble, dont j'ai tant entendu parler à ma pauvre tante Thérèse, qui a manqué d'y aller, en revenant un jour de *Saint-Denis* ; mais une dame à laquelle je me suis adressé pour savoir ce que c'était, me dit que c'était *le Couvent des Bons-Hommes de Passy*.

Nous nous trouvâmes insensiblement vis-à-vis de deux jardins charmants, fort voisins l'un de l'autre, et dont la propreté et l'ornement attirèrent toute mon attention. Je lui demandai si tout cela dépendait encore de la France ? Elle se mit à rire de ma simplicité : mais moi qui ne voyageais que pour apprendre, je n'avais point regret de faire les menus frais de son divertissement, pourvu qu'elle fît ceux de mon instruction. Elle me dit que ces deux jardins étaient destinés à prendre les *Eaux minérales de Passy ;* que l'on y venait de fort loin pour recouvrer la santé ; qu'il y avait, pendant toute la saison une compagnie choisie ; là, nous fûmes interrompus par un matelot qui vint demander si nous descendions au *port de Passy*. La dame se prépara pour y descendre ; le pilote appela par trois fois, de toute sa force, *Jacob* qui en est le passager ; et *Jacob*, le maussade *Jacob*, aborda avec sa barque, dans laquelle entrèrent ceux qui voulurent descendre.

Inquiet de ce que j'allais devenir, j'allai de la *proue*, où j'étais, à la *poupe* : je montai sur le *tillac*, pour voir si je ne découvrirais point Paris, avec ma lunette d'approche. Je m'orientai pour le trouver, et enfin je le vis sans le reconnaître : un tas de pierres, de cheminées et de clochers ne me représentait plus Paris tel que je l'avais laissé ; je n'y distinguais plus une rue, pas même celle de *Geoffroy-l'Asnier*, où je demeurais : il me semblait qu'il était abîmé depuis que j'en étais sorti ; je me figurais que cela ne serait point arrivé si je fusse resté. J'avais beau regarder de tous côtés, je ne voyais autour du vaisseau qu'une mer orageuse qui cherchait à nous engloutir, et dans le lointain, des *terres Australes* et inconnues, des prés, des bois et des montagnes arides sur lesquelles il ne devait croître que du vent, parce que j'y voyais beaucoup de moulins. Il n'y avait que la vue du soleil qui me rassurait un peu : je le reconnaissais pour être le même que je voyais au *Palais Royal*,

toutes les fois que j'y allais au méridien régler
ma montre. O toi ! qui m'as toujours éclairé, lui
dis-je, brillant soleil, plus beau mille fois que
ne peuvent être tous les autres soleils du reste de
la terre ! Soleil dont je chéris la présence, ne
m'abandonne point ! Je suis fait à la lumière
bienfaisante : que sais-je si celle d'un soleil étranger ne m'incommodera point ? Tiens, vois ma
montre, accoutumée à être réglée sur toi : puis,
me retournant du côté de Paris, je lui disais : O
toi, de qui je tiens le jour ! Paris, superbe Paris !
mon petit Paris ! pourquoi t'éloignes-tu ainsi de
moi ! que ne me suis-tu ! que ne t'es-tu embar-
qué avec moi ? Je vois bien que tu es fâché contre moi, parce que je t'ai quitté si brusquement :
mais ce n'est que pour un temps ; je reviendrai,
s'il plaît à Dieu, bientôt : je finirai mes jours
dans ton sein : je te laisse, pour gage de ma pro-
messe, ceux de ma tendresse, ma mère et mes
deux tantes, mon petit serin gris et mon chat
chartreux ; tu sais combien tout cela m'est précieux. Puis, troussant mon habit, vois, Paris,
vois ma pauvre culotte neuve de velours cramoi-
si toute perdue : l'accident qui est arrivé, n'est-il
pas déjà un commencement de l'expiation de
mon crime ? Mes inquiétudes, mes regrets, mes
soucis, mes remords, mes larmes enfin expie-
ront assez le reste.

Mais quoi! la terre marche et semble retourner

d'où je viens : il ne restera donc plus, où je vais,
que des *antipodes* et de l'eau ! Encore fuit-elle
aussi sous le navire : *Quid est tibi mare quod fugis-
ti ?* Oh mer ! qu'as-tu donc à fuir ?

En tournant les yeux de côté et d'autre, sur
tous les différents climats que je pouvais découvrir à perte de vue, j'aperçus sur notre droite un
palais enchanté, qui me parut bâti par les mains
des fées : son jardin vaste et spacieux, dont les
murs sont baignés par la mer, est d'un goût
charmant. Mais, tandis que je réfléchissais sur le
goût des étrangers pour l'architecture, j'aperçus encore, non loin de celui-ci, et sur le même
point de vue, un autre palais beaucoup plus
considérable, tant pour l'étendue des bâtiments,
que pour l'immensité des jardins. Ce fut pour
le coup que je crus être près de *Constantinople*,
et que c'était-là le sérail du *Grand-Seigneur*.
Mais un de nos matelots, à qui je demandai à
quel degré de longitude il estimait que nous
pouvions être, et ce que c'était que ces deux palais, me répondit que de ces deux maisons, la
première appartenait à Madame de Sessac, et la
seconde, à M. Bernard ; et qu'à l'égard des degrés de longitude, il ne connaissait point ces
rubriques-là : puis il me demanda si je n'allais
point à *Auteuil*, et il fit la même question à tous
les passagers, les uns après les autres ; ce qui
me donna la curiosité de m'informer de ce que

11.

c'était qu'*Auteuil*. On me répondit qu'*Auteuil* était
cette ville que je voyais devant moi ; que c'était
la moitié du chemin de Paris à Saint-Cloud ; et
qu'enfin cet endroit était bien fréquenté. Il faut
avouer, m'écriai-je alors, que si le cœur de la
France est bien bâti, les frontières sont bien gaies
et bien bâties aussi ! Non, la belle rue *Trousse-
Vache*, où demeure ma mère à Paris, n'a rien de
comparable à tout cela.

O ma mère ! disais-je en moi-même, que vous
êtes actuellement inquiète de moi, aussi-bien
que mes deux tantes ! et que je voudrais bien
rencontrer ici quelqu'*aviso* qui fît voile pour les
côtes de Paris, afin de vous donner de mes nouvelles. Hélas ! peut-être mon chat et mon serin
sont-ils morts de déplaisir de ne me plus voir. ....
Mais que le monde doit être long, ajoutai-je !
Quoi ! depuis le temps que je roule les mers, je
ne suis encore qu'à moitié du chemin que j'ai à
faire ! O mer ! que tu t'étends au loin ! peux-tu
être si vaste, et la morue si chère à Paris ? Cette
réflexion me rappela un beau cantique nouveau
de l'Opéra-Comique, qui commence par ces mots,
Vastes Mers ! Je le frédonnais entre les dents,
lorsque je découvris à l'*ouest* un navire à peu
près semblable au nôtre, mais plus fort, qui venait à bride abattue sur nous. Oh ! pour le coup,
je comptai bien que nous allions en découdre ;
car je voyais à merveille que ce n'était point un

vaisseau marchand, en ce qu'il y avait trop de
monde au fond de cale, qui regardait par les
fenêtres : on eût dit l'arche de Noé. Je ne pouvais pourtant point m'imaginer non plus que ce
fût un vaisseau de guerre, parce que je n'y voyais ni canons, ni pierriers, ni affûts ; mais j'appréhendais que ce fût un *sattin* de *Poissy*, qui
cherchât à jeter les *grappins*, pour tenter l'*abordage* à l'arme blanche, que je crains naturellement
très-fort. Je voyais un nombreux équipage rangé
en bonne contenance sur le *pont* et sur le *tillac*.
Mon premier mouvement fut de tirer mon couteau de chasse ; mais je fis réflexion que peut-
être l'air de la mer le rouillerait, et je pris seulement ma lunette d'approche pour en reconnaître le pavillon, afin de savoir au moins à
qui nous allions avoir affaire , et pour prévoir
de plus loin tout ce que cela allait devenir.
Ce qui me tranquillisait pourtant, c'est qu'avec
cette même longue vue, je voyais notre équipage serein et les passagers peu inquiets ; et
effectivement nous passâmes rapidement à la
portée du coup de poing l'un de l'autre, sans
nous rien faire : je m'aperçus même que notre
vaisseau, qui semblait avoir peur, doubla son
pas à l'approche de l'autre, qui n'osa pourtant
nous attaquer : nous, qui avions encore du chemin à faire, nous ne voulûmes point non plus
nous amuser. Nous prîmes le *bord dehors*, et

lui *l'avant terre*, et nous en fûmes quittes pour quelques signes de chapeau de la part des nautonniers, et pour des sottises que se dirent réciproquement les passagers. Pour moi, je les saluai de bon cœur fort poliment, et je me congratulais d'en être échappé à si bon marché, après la peur que j'avais eue, lorsque je vis notre pilote *revirer de bord*, et d'un coup de gouvernail *lancer de bout à terre*, à une espèce de *cap* en forme de *promontoire*, que je prenais pour le *cap de Bonne Espérance*, quand on me dit que c'était le *hâvre* de cette fameuse ville d'*Auteuil*, dont on m'avait parlé tout à l'heure. Nous y *mouillâmes* : on porta la planche à terre, et il en sortit vingt ou trente personnes qui n'allaient pas plus loin.

Peu de temps après, la femme de notre capitaine fut à tous les passagers faire payer leur *fret* : elle vint à un capucin qui était à côté de moi et qui tira de dessous ses aisselles un chapelet à gros grains, dont il paya son passage : elle s'adressa ensuite à moi et je payai. Elle était suivie par un pieux matelot qui, se disant chargé de la procuration de *S. Nicolas*, le Neptune ordinaire des marins, excitait la dévote générosité des voyageurs : je fus du nombre de ceux qui désirèrent avoir part aux prières promises, et je fis mon offrande.

Sur la rive opposée, en tirant au *sud-ouest*,

est une petite masure isolée, dont l'exposition
heureuse, quoique très-retirée, semble annoncer
une de ces retraites que se choisissaient autrefois les saints anachorètes, lorsque degoûtés
du monde, ils voulaient renoncer entièrement
à son commerce, pour se livrer à la contemplation des choses célestes. Au milieu de quelques
arbres mal dressés, et plantés au hasard, rampe
humblement un petit corps de logis, dont la simplicité fait tout l'ornement ; l'art paraît avoir
moins participé à la décoration de ce lieu, que la
simple et belle nature : cependant tout y rit ; et
je me trompe fort si ce n'est point là qu'était, au
temps jadis, ce fameux désert où *Saint Antoine*
fut tant tourmenté par le malin esprit, lors de
ces belles tentations que *Callot* nous a si bien
gravées d'après nature : car on voit encore, à
quelque distance de là, un moulin que ce saint
ermite fit venir apparemment de *Montmartre*
exprès pour son usage et celui de son ménage
et sous lequel il y a encore un *toit à cochon*.
Le tout compose un ensemble qui m'a paru si
charmant, que je crois que si jamais il prenait
fantaisie à la Magdeleine de revenir sur terre,
et qu'elle passât par cet endroit là, elle n'hési-
terait point à le préférer à la *Sainte-Baume*.

Quelqu'un qui me vit attentif à examiner un
lieu que je paraissais avoir regret de perdre de
vue, satisfit ma curiosité en me disant : « Eh

« bien, Monsieur, ! vous considérez donc cette
« fameuse *guinguette* autrefois si fréquentée,
« mais tout est bien changé aujourd'hui; *Bréant*
« est mort et le *moulin de Javelle* que vous voyez
« aujourd'hui, n'est que l'ombre de celui que j'ai
« vu de mon temps. »

Tandis que nous causions, je n'avais point pris
garde que notre corde s'étant pendue à une barque de pêcheur qui était au bord du rivage,
elle se lâcha ; et m'étant appuyé dessus, elle
manqua de me jeter à la mer, lorsqu'elle vint
à se tendre, et elle m'y aurait effectivement jeté
si je ne me fusse retenu aux *haubans* du grand
mât. Je tombai, par bonheur, à la renverse sur
le *pont*, et j'en fus quitte pour la peur, et pour
mon chapeau et ma perruque, qui furent em-
portés à la mer ; je les vis dans l'instant bien
loin derrière moi, qui semblaient retourner à
Paris. Si ma mère les voit, disais-je, elle reconnaî-
tra bien mon chapeau à *Rigotzy* et ma perruque à
trois marteaux ; elle les repêchera, et peut-être
que cela ne sera point perdu ; mais elle s'ima-
ginera que je suis noyé et elle se noiera aussi.
Je fus vite à ma malle pour réparer tout mon
désordre. On se rit toujours des malheurs ; aussi
se moqua-t-on beaucoup de moi ; on voulut
voir ma culotte goudronnée ; mais j'en avais
mis une autre par-dessus. Je remontai sur le
tillac ; et comme je regardais avec ma longue-

vue, pour reconnaître deux villes peu éloignées
l'une de l'autre, qui me semblaient border la
pente d'une longue colline, sur le sommet de
laquelle il y avait la moitié d'un moulin à vent,
je demandai leur nom au *mousse* du navire, qui
se trouvait pour lors auprès de moi : il me répondit que c'était *Vaugirard* et *Issy*.

Je me levai et repris ma lunette d'approche
avec laquelle, pour me distraire, je considérai
attentivement des champs et des côteaux, qui
étaient couverts de petits arbrisseaux qui me
parurent avoir été attachés à des manches à ba-
lai. Je m'informai de ce que c'était : on me
dit que c'étaient des vignes ; que de ces vignes
sortait le raisin, et du raisin le vin. Je jugeai
tout de suite que c'était apparemment de-là que
provenaient tous ces bons vins de *Bourgogne*
et de *Champagne* que l'on boit à Paris si chè-
rement, parce qu'ils viennent de si loin.

A peine avais-je enfanté cette heureuse réflexion en m'applaudissant secrètement de ce que
je sentais, qu'à force de voyager, mon esprit
s'était déja bien formé, que, regardant de la
poupe où j'étais, à la *proue*, je découvris une seconde *île*, beaucoup plus considérable que celle
que nous avions déja passée.

J'estimai qu'elle devait être entourée d'eau
de tous les côtés, parce qu'elle était dans le milieu
de la mer : je ne vis dessus ni maisons, ni gens,

ni bêtes, pas même un clocher; nous la laissâmes sur notre gauche, et je la jugeai une de ces
îles de la mer *Egée*, qui sont si remplies de ser-
pents et de bêtes venimeuses, que jamais *Paul Lu-
cas* n'osa y aborder. Je vis effectivement
plusieurs perdrix sauvages qui volaient par
dessus sans s'y arrêter, et des petits animaux
gros comme des chats qui à notre vue se sau-
vaient dans des trous qu'ils avaient pratiqués
sur les *berges* de cette île dans des buissons;
les perroquets y sont noirs, et ont le bec jaune.
J'observai ensuite qu'elle avait été sciée par un
bout afin de former un *détroit* qui conduit à des
habitations éloignées, qui sont de l'autre côté du
rivage. Tout autre que moi, aurait pris ce *détroit*
pour celui de *Gibraltar* ou tout au moins de *Calais*,
mais quand on sait un peu sa carte, on ne se
trompe guères. Là je vis des hommes en chemi-
se, occupés à tirer du fond de la mer un *banc de
sable*, qu'ils transportaient à terre dans des cha-
loupes; je vis tout d'un coup la nôtre qui prit
le large et se sépara de nous pour passer ce *détroit*
à force de rames, elle était chargée de voyageurs
dont les uns allaient, à ce qu'on m'a dit au *Château Gaillardin*, à *Meudon*, etc. et les autres à
Clamart.

Nous passâmes ensuite à la vue d'un endroit
assez joli, que les gens du pays appellent *Billan-
court*; je n'y remarquai rien qui fût digne de la

curiosité d'un voyageur, sinon que ce pays-là
me parut ne produire guères d'hommes, parce-
que je n'y en vis qu'un seul ; mais qu'en récompense aussi il y croissait bien des *moutons du Berry*,
car il y en avait beaucoup qui étaient marqués
sur le nez et qui se promenaient au bord de la
mer. Cet homme, que je pris pour être de leur
compagnie, parce qu'il n'en était pas éloigné, et
qu'à sa houlette et son chien je jugeai devoir
être un berger, me fit ressouvenir de celui à qui
Virgile, faisant ses caravanes comme moi, disait
un jour, en passant près de lui :

Tytire, tu patule recubans sub tegmine fagi,
Sylvestrem tenui musam meditaris avenâ.

Peut être aussi pouvait-ce être encore ce même Tytire-là ; car il était effectivement étendu
nonchalamment au pied d'un noyer, qui était
le hêtre de ce temps-là, où il prenait le frais en
jouant du chalumeau.

Nous continuions notre route, lorsqu'une noire
et épaisse fumée, qui couvrait la cime d'une
montagne sur notre gauche, me fit présumer que
c'était apparemment ce fameux *Mont-Vésuve*,
dont j'ai entendu parler, qui vomit des flammes
et jette des pierres jusque dans la ville de Naples,
dont il est cependant éloigné de deux milles.
Une odeur de soufre et de bitume qui me frap-

pa, me confirmait encore dans cette idée, lorsque, faisant part de mon soupçon à quelqu'un
qui était auprès de moi, lui demandant si, de là
où nous étions il n'y avait rien à risquer pour
nous, il me fit réponse que ce n'était point ce
que je pensais et que cette fumée que je voyais,
sortait des trous d'une verrerie qui était là.

Ah ! que le latin est une belle chose, disais-je
en moi-même ! il sied bien d'abord à un régent,
pour l'apprendre aux autres ; à un curé de campagne pour apprendre son plain-chant ; à un
avocat pour citer son *Cujas* ; à un médecin, pour
parler à la fièvre ; à un chirurgien, pour répon-
dre au médecin ; et à un apothicaire pour ne
point faire de *quiproquo*. Mais il sied encore
mieux à un voyageur, pour se faire entendre
dans le pays étranger ; car, avec un *da mihi pa-
nem et vinum* bien appliqué, on va par toute terre : on a du pain, du vin, et l'on vit.

A mesure que je m'éloignais ainsi de Paris,
la chaleur augmentait à un point, que j'estimai
que nous devions être pour lors sous la ligne,
ou du moins à côté. Je n'y pouvais plus tenir
et déjà je m'apprêtais à descendre dans le fond
lorsque j'aperçus un pont sur lequel passaient
différentes voitures : je le pris pour ce fameux
Pont-Euxin, qui traverse la Mer Noire ; mais
comme je prenais ma carte et mon compas pour
me reconnaître, j'entendis un murmure confus,

parmi tous nos voyageurs et nos matelots, qui me fit comprendre que nous allions aborder : effectivement nous lançâmes *de bout à terre ;* on mit la planche, et le monde sortit. Je demandai si c'était là *la ville de Saint-Cloud ;* on me dit que non et que c'était le port de Sèvres, mais que Saint-Cloud n'en était pas éloigné et on me le montra. Je pris congé du capitaine et de sa femme, et je sortis le dernier. La tête me tourna sitôt que j'eus mis pied à terre et je croyais toujours sentir le balancement du navire ; je traversai le pont du mieux qu'il me fut possible. Il y avait, au bout de ce pont une chapelle où un vénérable capucin, que je reconnus à la barbe pour être du Marais, nous dit la messe en actions de grâces de notre heureuse arrivée. Tous les voyageurs y assistèrent et moi aussi, quoique j'en eusse entendu une à Paris : j'entrai chez un nommé *Champion* pour écrire promptement à ma mère. Excepté trois ou quatre maisons bourgeoises assez passables, qui terminent ce port le long de la mer, je n'y ai rien remarqué qui méritât mes observations.

Je pris deux crocheteurs pour porter mon équipage et un guide pour me conduire : il me fit traverser une longue forêt, au bout de laquelle nous entrâmes dans la ville, où, après en avoir passé quelques rues, nous arrivâmes enfin chez mon ami. Ce fut la charmante Henriette qui nous ouvrit la porte. Elle m'introduisit dans une salle où étaient son père et son frère, qui m'attendaient avec plusieurs de leurs amis. Après avoir lâché ma bordée de compliments, de *bas-bord* et de *tribord*, je priai mon ami de me donner une chambre dans laquelle je pusse m'ajuster : il me conduisit lui-même dans celle qui m'était destinée. Quand j'eus changé de la tête aux pieds, je descendis pour me mettre à table : j'y officiai très-bien et fis tant d'honneur à mes hôtes, que tout le monde m'en fit compliment. Il faut avouer que le métier de marin est bien séduisant, puisque quand une fois on est sorti du péril, on l'oublie : je ne pensai plus aux dangers que je venais de courir, que pour en faire le récit à la compagnie, qui rit beaucoup de ma simplicité ; et ma naïveté paya mon écot. Après le dîner, on proposa une promenade au *parc*, pour m'y faire voir les eaux qui devaient jouer ce jour-là ; nous partîmes, je donnai le bras à ma chère Henriette ; nous arrivâmes au château, dont les dehors surprirent ma vue. Mon ami, qui avait été *enfant de chœur aux Innocents*, connaissait l'organiste du château (car tous les musiciens se connaissent) ; il le demanda, et par son canal, on nous laissa voir tous les appartements ; car il a un grand crédit auprès des garçons de la chambre. Ce fut pour lors que je ne fus plus à moi, tant j'étais enchanté. On me fit voir dans

une glace la perspective de Paris, qui m'amusa·
beaucoup. La richesse des ameublements et la
beauté des peintures, me firent perdre de vue
ma chère Henriette ; je la perdis avec ma compagnie, que je ne retrouvai qu'après bien des
recherches dans l'Orangerie, d'où nous fûmes
voir jouer les eaux qui commençaient : je n'ai
jamais rien vu de si beau au monde. Là, deux
fleuves, étendus nonchalamment sur des roseaux
et des joncs, penchaient une urne dont l'eau
pure et claire qui en sortait, retombait en différentes cascades, qui remplissaient des bassins
à différents étages. Là, des *naïades* effrayées
semblaient se cacher au fond des ondes pour
échapper à la poursuite de certains jeunes *fleuves*.
D'un côté, une nappe d'eau, sur laquelle se bai-
gnaient des *cygnes*, représentait au naturel le
bain que *Diane* s'était choisi, lorsqu'elle y fut
surprise par *Actéon* : de l'autre des *nymphes
marines* cachées dans les herbes, semblaient
prendre plaisir à faire des niches aux curieux.
Ici, c'était un lac, dont l'eau écumante se pré-
cipitait dans le fond de la terre, pour en ressor-
tir élastiquement et en courroux, tout en pluie
dans les airs. Des routes cultivées avec soin, for-
maient des allées à perte de vue ; des parterres
immenses, émaillés de mille fleurs et cultivés
par Flore elle-même, éblouissaient les yeux par
l'éclat nuancé de leurs différentes couleurs ; des

bosquets enchantés réservés aux seuls *zéphyrs*
y servaient de retraites aux oiseaux, dont la di-
versité du chant charmait les oreilles ; des *faunes*
et des *dryades* dispersés dans le bois, semblaient
en faire les honneurs et inviter les passants à
s'enfoncer avec eux dans leurs sombres demeures
pour y éviter l'ardeur du soleil. Tout y est si
grand et si noble, que je ne me sens pas assez
de talent pour en faire une exacte description ;
mais il me suffit de dire que tout s'y ressent de
la magnificence du prince et de la princesse qui
y habitent, et qu'il semble que la nature, l'art
et le goût s'y soient donné rendez-vous, pour
s'y disputer la gloire de perfectionner un séjour
où il ne reste rien à désirer pour la situation
et l'ornement.

Nous revînmes chez mon ami, dans le même
ordre que nous en étions partis, mais par un
chemin différent, afin de me faire voir tout ce
qui méritait d'être vu dans le parc : il était tard,
on avait servi, et nous soupâmes. Avant de se
coucher, on fut se promener dans le jardin : la
chaleur était si excessive, que chacun se permit
réciproquement la liberté de se mettre à son
aise.

L'Aurore sortait à peine des bras de Titon,
pour venir se trouver au petit lever du soleil
à qui elle a soin de faire tous les jours sa cour,
qu'un vent impétueux, battant la fenêtre de ma

chambre, que j'avais laissée ouverte à cause de
la chaleur, vint m'annoncer un orage prochain ;
et effectivement mille éclairs effrayants qui se
succédaient sans relâche les uns aux autres,
furent tout d'un coup suivis d'horribles éclats
de tonnerre, qui se répétaient à l'envi : une
pluie rapide et condensée, semblable à celle du
déluge, paraissait un nuage qui se détachait des
airs, pour tomber sur la terre en gros pelotons,
et pour empêcher le jour de paraître. L'alarme
fut générale alors dans toute la maison : tout
le monde se leva, parce qu'il avait peur du tonnerre ; l'on se réunit dans la salle à manger,
dont on avait fermé la porte, les fenêtres, les
volets et les rideaux. La jardinière entra avec
un cierge béni allumé et une grosse bouteille
de grès pleine d'eau bénite. J'étais le seul qui
ne se démontait point : je ne m'étais levé que
par complaisance et dans le dessein de rassurer
les autres et surtout ma chère Henriette, que
je savais extrêmement peureuse. L'orage dura
près de deux heures avec la même violence,
après quoi on éteignit le cierge béni et chacun
se retira dans sa chambre pour se mettre au
lit : on ne se leva que pour aller à la dernière
messe ; on revint dîner. Les uns retournèrent
à Paris, les autres restèrent, et je fus du nombre
de ces derniers. J'y passai neuf jours avec tous
les plaisirs imaginables : Henriette me faisait voir

aujourd'hui son potager, demain sa vigne, après-
demain son champ, ensuite son pré et son ver-
ger. J'appris comment on faisait venir les légumes, comment on faisait le vin, comment on
moissonnait le blé et les autres grains, comment
on récoltait le foin ; et enfin je reconnus toutes
les différentes espèces de fruits. Son frère qui y
joignait ses leçons, me fit revenir de l'erreur où
j'étais, par rapport à l'étendue de la terre et à
l'idée que je m'en étais figurée et me fit sentir
le ridicule du préjugé dans lequel sont élevés,
pour l'ordinaire, tous les enfants de Paris, qui
n'osent sortir de chez eux. Enfin, je me trouvai
dégourdi de corps et d'esprit en peu de jours,
et je me promis bien, à mon retour à Paris, d'en
revendre à tous mes camarades. A beau mentir
qui vient de loin, disais-je en moi-même : je leur
ferai croire tout ce que je voudrai ; ils n'ose-
ront jamais y aller voir.

Arriva cependant le jour fixé pour retourner
à Paris ; jour que je craignais autant et plus
encore que je n'avais appréhendé celui de mon
départ de Paris. J'avais entièrement oublié Paris et tous ses attributs ; je ne pensais plus à ma
mère ni à mes deux tantes ; mon régent de rhétorique ne m'inquiétait pas plus que mon chat
et mon serin. Là, je jouissais de cette heureuse tranquillité que l'on ne connaît point à la
ville : j'y respirais un air pur, et qui n'était point

altéré par toutes ces immondices qui infectent celui de Paris ; j'y étais d'une santé parfaite ; j'y avais un appétit charmant ; j'y avais tous les jours pour mon déjeûner, une douzaine de ces excellents petits gâteaux que *Gautier* fait avec tant de soin : et, pour tout dire enfin, j'y vivais avec ce que j'ai de plus cher au monde, sans que personne en médît, comme on aurait fait à Paris. Ah, Saint-Cloud ! que pour moi vous avez d'attraits ! O campagne ! que cette innocente et voluptueuse liberté, dont on jouit chez vous, est adorable pour moi, et pour tous ceux qui ont le bonheur de la connaître !

Ainsi pénétré des plus sensibles regrets, il fallut cependant prendre mon parti : je montai dans ma chambre pour y verser quelques larmes que je voulais cacher à mon ami.

Je rassemblai tout mon équipage, que je fis avec le même arrangement qu'en partant de Paris, et cela ne nous retarda point.

Le jardinier et sa femme furent chargés du soin de faire porter tout notre bagage au navire, qui était prêt à *faire voile* pour Paris, et d'y conduire leur jeune maîtresse. Après lui avoir souhaité un heureux voyage, et l'avoir assurée que nous nous trouverions à son débarquement à Paris, mon ami et moi, je pris congé du père qui devait rester quelques jours : je le remerciai de toutes ses politesses, et nous prîmes le chemin du *bois de Boulogne*, ainsi que nous étions convenus, afin de me faire voir la route de *Saint-Cloud* par terre.

Non loin de la maison, nous passâmes sur un pont de pierre plus long que large : à sa vétusté, je le pris pour un de ces vieux *aqueducs* que l'on entretient encore pour servir de monument à l'antiquité. Je considérais attentivement de longues perches, et des moulinets de bois disposés à chaque côté du pont, de distance en distance, d'où pendaient de larges filets qui enveloppaient les arches *de pied en cap* : je m'imaginais tantôt que c'était pour conserver les arches, tantôt qu'ils étaient-là pour empêcher de passer les écumeurs de mer venant de *Cherbourg*, et qui, en cas d'obstination, s'y trouvaient pincés, comme le fut jadis Mars, ce dieu de la guerre, dans ceux de Vulcain ; et enfin, que c'était peut-être là où l'on venait faire la pêche de la morue et du hareng. Mais mon ami, aussi curieux que sa sœur de mon instruction, voulant achever de me *débadauder* entièrement, n'en laissait échapper aucune occasion. Il profita de celle-ci, pour me dire qu'on ne pêchait, dans ces mers-ci, ni morue ni hareng ; que c'était le meûnier qui tendait ces filets pour prendre toutes sortes de poissons d'eau douce, comme carpes, brochets, barbillons, goujons, éperlans et autres ; et que très-souvent aussi il s'y trouvait

bien des choses qui avaient été perdues à Paris :
et réellement je me souviens que j'y avais beaucoup entendu parler des *filets de Saint-Cloud*,
qui étaient en grande réputation pour cela. Je le
pressai fort d'y descendre avec moi, ou de les
lever, pour voir si je n'y trouverais point mon
chapeau et ma perruque, que j'avais perdus en
venant de Paris. Il eut la complaisance de me
conduire chez le meûnier ; nous n'y trouvâmes
que sa fille. Après lui avoir donné le signale-
ment de ce que nous demandions, elle nous
ouvrit une grande armoire remplie de tant de
sortes de choses, que l'inventaire en serait trop
long ici, et trop fatigant pour moi : tout ce dont
je me souviens, c'est qu'après avoir examiné
nombre de chapeaux, je n'y trouvai point le
mien : j'y remuai un tas de perruques de médecins et de procureurs, sans y reconnaître la
mienne.

Toutes nos perquisitions devenues inutiles,
nous prîmes congé de la belle meûnière. Au sortir du pont, nous entrâmes dans une grande
plaine parquetée de sable : le chemin qui la traversait, était bordé des deux côtés par des vignes, des pois verts et des haricots, et il nous
conduisit à une grande porte charretière, par
laquelle nous passâmes, pour arriver dans un
bois percé de différentes avenues plantées d'arbres sauvages qui n'avaient ni fleurs ni fruits.

J'avoue que j'aurais été fort embarrassé, si je
me fusse trouvé seul dans un endroit si éloigné
et si champêtre , car je n'aurais su quelle route
tenir; mais aussi ne quittais-je point mon con-
ducteur, que je suivais pas à pas. Quelques petits besoins pressans le firent écarter du grand
chemin , pour s'enfoncer dans le plus épais de la
forêt : j'y fus avec lui , et j'aimais mieux l'y accompagner, que de rester seul , et de risquer
de le perdre.

Dans le moment que j'étais ainsi spectateur
oisif et passif, et que je faisais des réflexions
qui n'étaient point de paille sur l'odeur qui m'é-
lectrisait, malgré l'eau sans pareille dont je me
baignais, je vis sortir du pied d'un arbre un petit oiseau qui ressemblait si parfaitement à mon
serin, que je crus que c'était lui-même qui s'était
échappé de sa cage pour me venir trouver à
Saint-Cloud , où il avait entendu dire que j'allais : je louai son bon petit cœur , je l'appelai
et courus après lui ; mais je reconnus bientôt
que c'était un oiseau sauvage qui avait crû dans
les bois , et non dans une cabane comme le
mien; car il se sauva de moi , sans vouloir seulement que je le prisse.

Nous reprîmes une grande avenue , qui nous
conduisit à une autre grande porte, par laquelle
on sortait de ce bois. Mon ami me dit que cet
endroit se nommait la porte Maillot ; que l'on y

vendait de fort bon vin, et me proposa de nous
y rafraîchir. Je l'acceptai ; nous entrâmes dans
une grande salle, où l'on nous servit ce que nous
avions demandé.

Nous avons passé là une bonne heure à nous
reposer, après laquelle nous avons compté et
payé, et nous sommes sortis pour achever notre
voyage. Quand une fois nous avons été à l'*Étoile*,
j'ai reconnu cet endroit pour y être venu polis-
sonner bien des fois, étant au collège : de-là
nous sommes descendus à la grille des *Champs
Élisées*, que nous avons traversés. C'était un jour
de congé ; il y avait alors beaucoup d'écoliers
qui y jouaient au *battoir* et au *ballon* : tous ceux
de ma connaissance, que j'y rencontrai, me sont
venus sauter au col, et m'ont promis de venir
chez moi le lendemain ; pour apprendre toutes
les particularités de mon voyage, qui avait fait
bien du bruit dans la gent scholastique.

Le *Paquebot* était arrivé deux heures avant
nous. Henriette était partie chez elle avec tout
notre bagage : j'appris qu'elle était arrivée en
aussi bonne santé que je l'avais souhaité. Pour
m'en assurer par moi-même, je fus la voir avec
son frère, et je les remerciai beaucoup l'un et
l'autre de toutes leurs politesses ; j'ai fait porter
chez moi tout mon équipage que j'y accompa-
gnai.

Les voisins étaient aux portes et aux fenêtres

pour me voir arriver, comme lorsque je suis parti : je les ai salués et embrassés tous les uns après les autres ; ils m'ont félicité sur mon heureux retour, et j'ai répondu à leurs compliments du mieux qu'il m'a été possible. Après avoir été voir mon chat et mon serin, qui à peine me reconnaissaient, j'ai envoyé dire, par mon savoyard, à ma mère et à mes deux tantes, que j'étais arrivé ; et me voilà.

Le lendemain matin, je reçus la visite de cinquante de mes amis, tous écoliers ou ex-écoliers comme moi, auxquels je fus obligé de faire une relation en gros de mon voyage, de mes remarques et de mes aventures. Ils y prirent tant de plaisir, qu'ils m'ont engagé à la donner détaillée au public ; et la voilà.

O vous tous ! qui cherchez le portrait d'un véritable parisien qui n'est jamais sorti de son pays, que pour aller en nourrice et pour en revenir, achetez ce petit livre ; lisez-le, et vous ne pourrez vous empêcher de vous écrier avec moi : il est d'après nature ! et le voilà !

FIN.

TABLE.

FIN DE LA TABLE.